蔡澜说好物

我喜欢的是欣赏

蔡澜 著

北京时代华文书局

图书在版编目（CIP）数据

蔡澜说好物：我喜欢的是欣赏 /（新加坡）蔡澜著. 北京：北京时代华文书局，2025.1. -- ISBN 978-7-5699-5561-3

Ⅰ. I339.65

中国国家版本馆 CIP 数据核字第 2024JB9330 号

北京市版权局著作权合同登记号 图字：01-2024-3244

Cai Lan Shuo Haowu：Wo Xihuan De Shi Xinshang

出 版 人：	陈 涛
责任编辑：	袁思远
营销编辑：	俞嘉慧 赵莲溪
封面设计：	小square设计
内文插图：	苏美璐
内文设计：	王艾迪
责任印制：	刘 银

出版发行：北京时代华文书局 http://www.bjsdsj.com.cn
　　　　　北京市东城区安定门外大街 138 号皇城国际大厦 A 座 8 层
　　　　　邮编：100011　电话：010-64263661　64261528

印　　刷：河北环京美印刷有限公司
开　　本：880 mm×1230 mm　1/32　　成品尺寸：140 mm×210 mm
印　　张：7.5　　　　　　　　　　　字　　数：158 千字
版　　次：2025 年 1 月第 1 版　　　印　　次：2025 年 1 月第 1 次印刷
定　　价：49.90 元

版权所有，侵权必究

本书如有印刷、装订等质量问题，本社负责调换，电话：010-64267955。

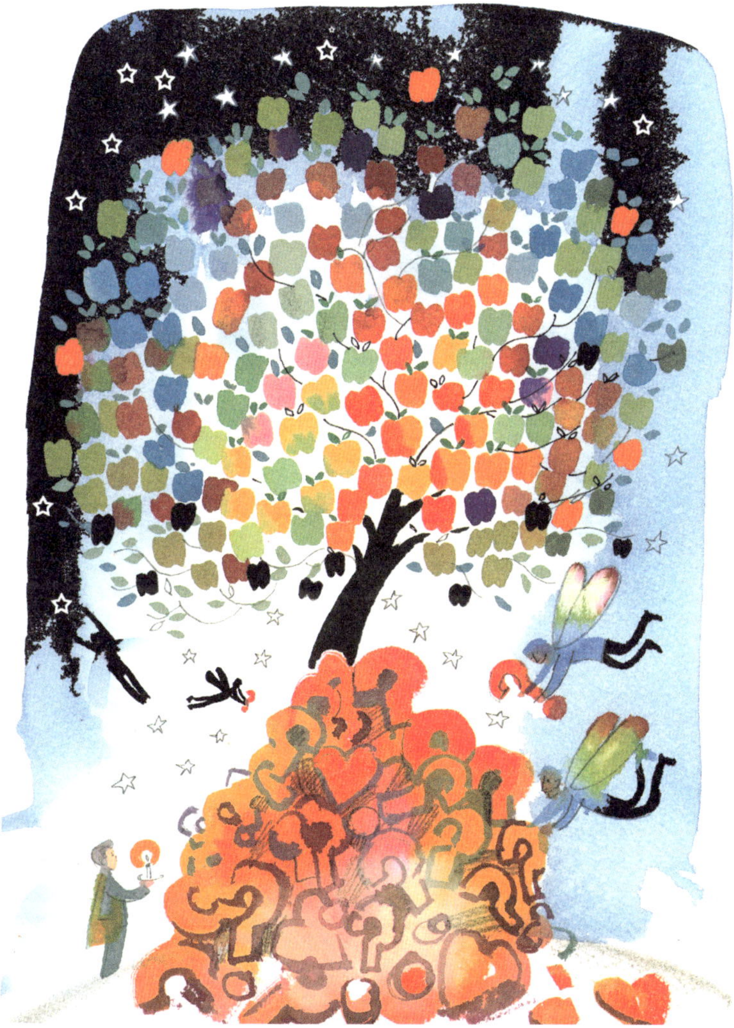

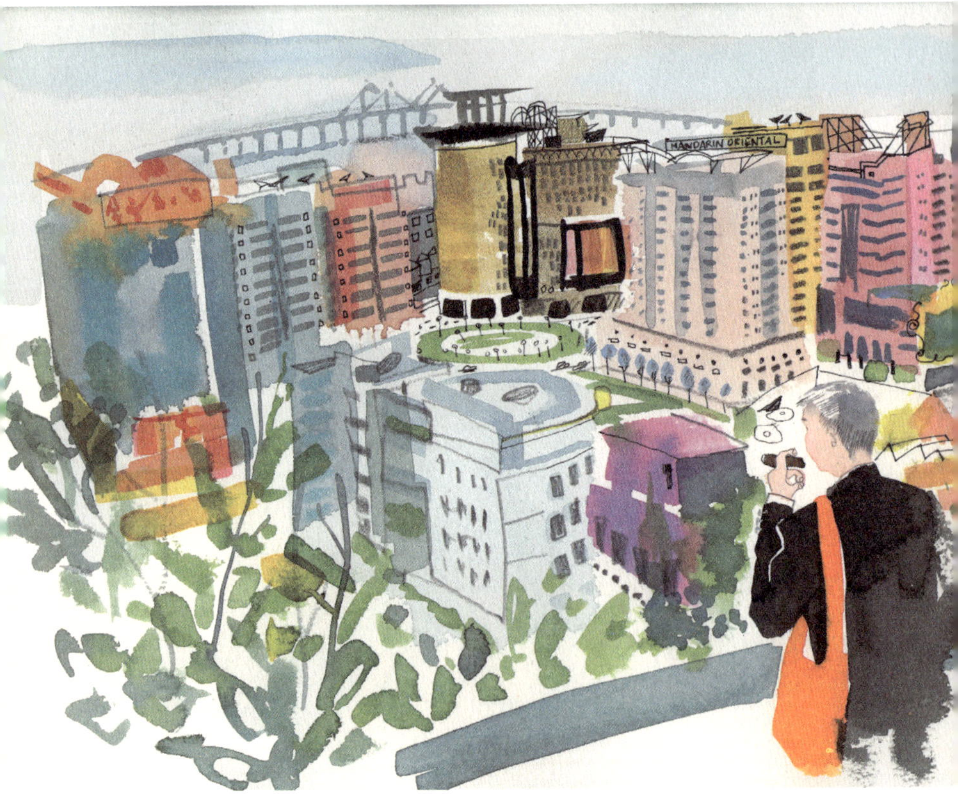
MANDARIN ORIENTAL

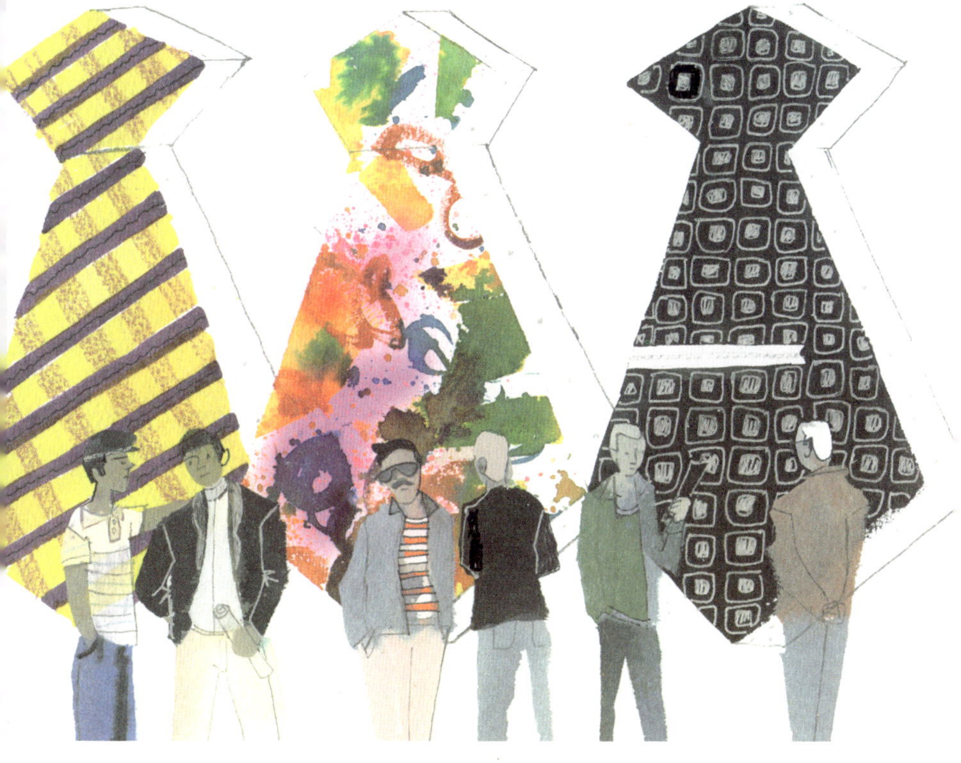

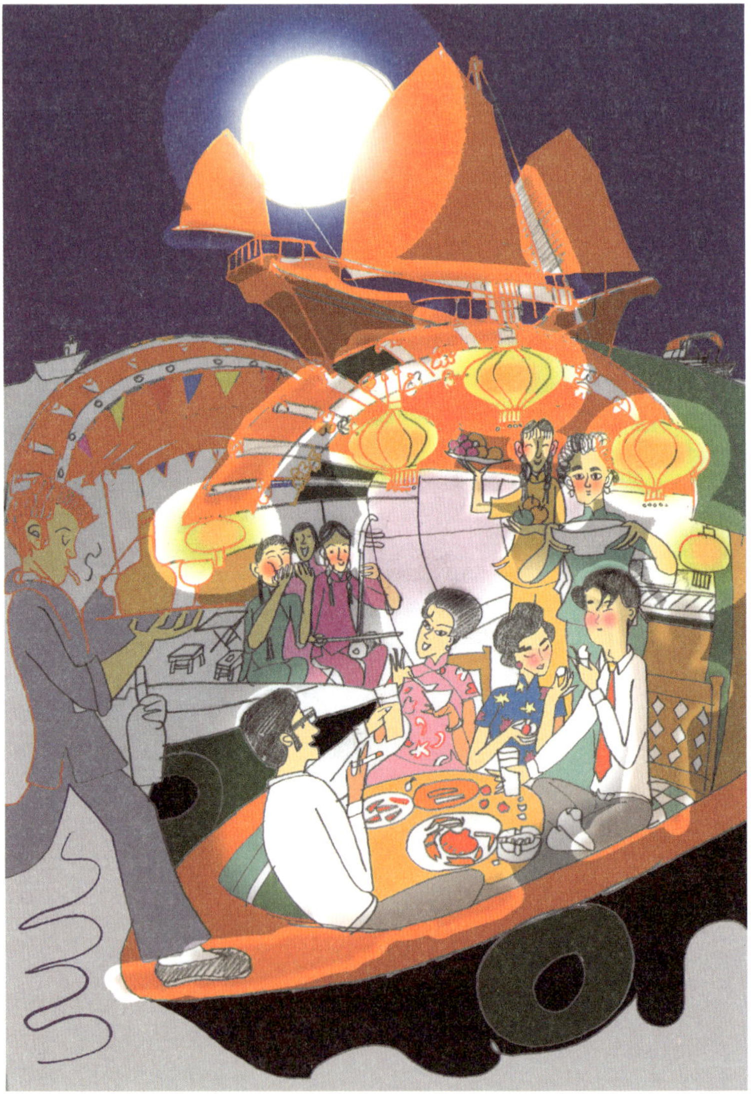

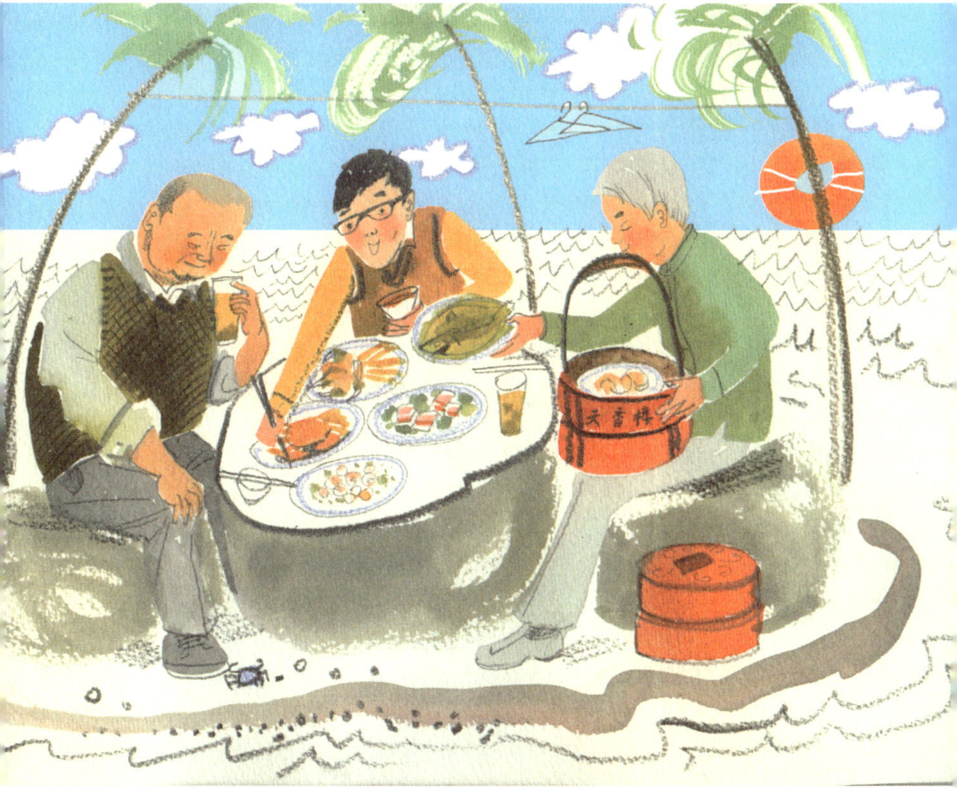
天香楼

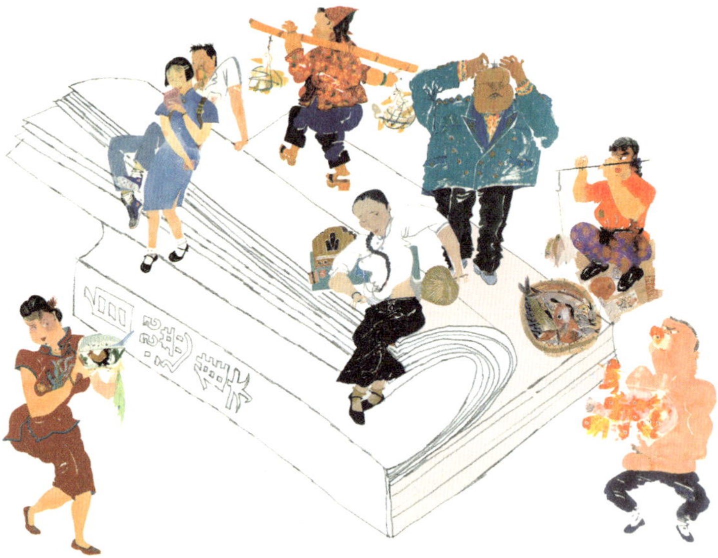

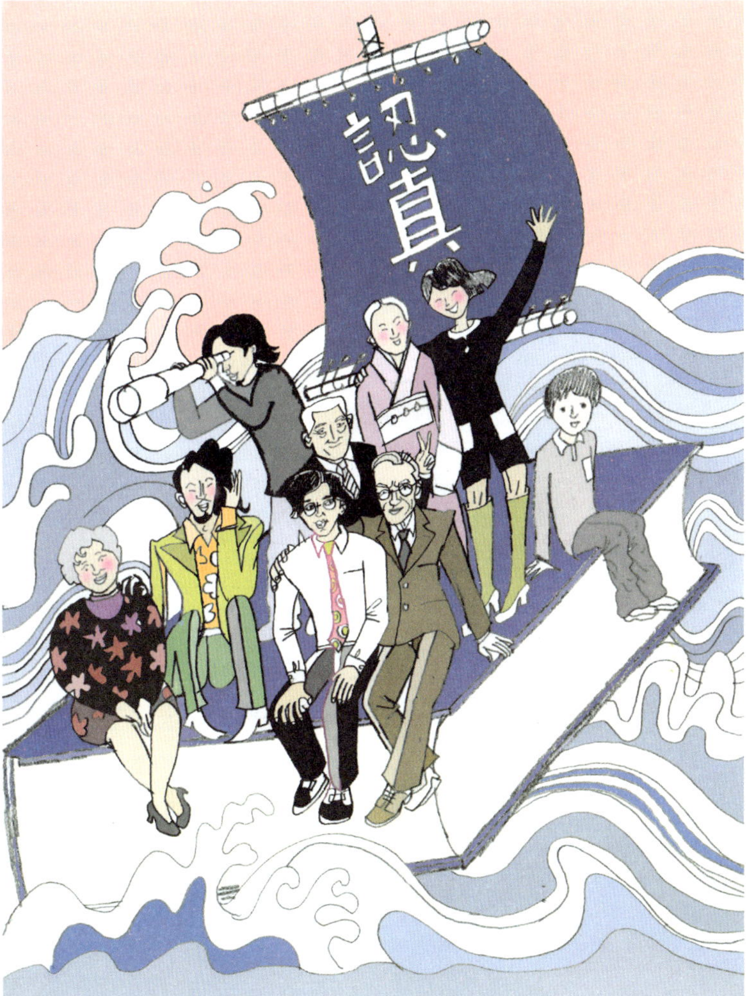
認真

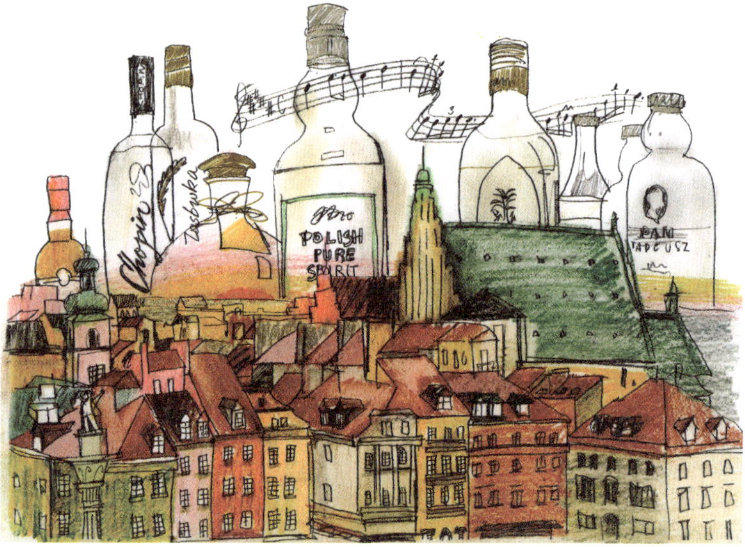
Chopin
POLISH PURE SPIRIT

目录

序·蔡澜是一个真正潇洒的人　I
代序·我喜欢的是欣赏　IV

第一章　我喜欢的是欣赏

美妙　002
禅味与俗味　004
当一日和尚　006
我喜欢的是欣赏　010
看树，可以使人变得谦虚一点儿　013
名古屋城　015
一个人的山阴之旅　017
人都羡慕得不到的东西　023
年轻人一定要去一趟东京　025
我最熟悉的银座　027
忠犬八公前的等候　029
俳句之美　030
如果你对温泉着迷　032
真珠岛　035

好雪片片　037

也谈猫食　040

明信片的风雅　045

第二章 好物：好的与贵的

爷爷的陶器：好东西也是身外之物，要物尽其用　048

小千谷缩：好物让人上瘾　050

日本锻刀所：完美厨刀，终身使用，不贵不贵　053

打火机：我对美物要求很高　055

鸠居堂：历史悠久的文具店　057

泷口木雕：匠人精神　059

茶香炉：焙一炉茶香袅袅　061

风铃：夏日风铃最闲情　063

不倒翁：愿望，要靠自己的努力去实现　064

风筝：自由奔放，不枉此生　066

陶砂锅：工作之余，暂时做个天生购物狂　068

Kotatsu：漏夜读书，寒冬恩物　070

火柴：最好的朋友，要送一盒火柴　072

和平烟：我享受的是自由　074

眼镜：每天要用的东西，当然要好的　077

短刀：每个男人都有一个英雄梦 080

枕头：好好睡觉是一种安心 084

第三章 那些好玩的让人上瘾

我不要作画，要玩画 088

横山大观的画，有禅味 090

我想接近的"醍醐味" 092

好酒让人上瘾 094

吃冰 097

百鬼物语 099

做一回柿子大盗 101

那些好玩儿的店 103

漫步御徒町 107

逛便利店，一乐也 109

流行时装，是时髦的也是贫乏的 113

闹市中的宁静美好 115

第四章 慢慢走啊，欣赏啊

明朗会计 *118*

好品格与好传统 *122*

生活中不能缺少的游戏 *125*

有名的与有趣的 *131*

爱干净的日本人 *135*

穿衣服的学问 *138*

习惯与礼貌 *145*

喜欢送礼 *149*

馈赠遗物 *151*

无情 *155*

纯爱的终结 *157*

赚钱的艺术 *159*

最要紧的是满足 *162*

理所当然 *165*

谈音乐丨爵士的邂逅 *167*

杂谈丨谈美女 *172*

古龙、三毛和倪匡 *177*

蔡澜说金庸 *181*

给亦舒的信丨"一览众生"查先生 *183*

给亦舒的信丨久美子 *187*

跋·以"真"为生命真谛，只求心中真喜欢 *191*

附录

人生真好玩儿 202

我们都是对生活好奇的人 205

人生的意义无非就是吃吃喝喝 212

一愿识尽世间好人，二愿读尽世间好书，三愿看尽世间好山水。

序·蔡澜是一个真正潇洒的人

除了我妻子林乐怡之外，蔡澜兄是我一生中结伴同游、行过最长旅途的人。他和我一起去过日本许多次，每一次都去不同的地方，去不同的旅舍和食肆；我们结伴同游欧洲，从意大利北部直到巴黎，同游澳大利亚、新加坡、马来西亚、泰国之余，再去北美，从温哥华到三藩市（旧金山），再到拉斯维加斯，然后又去日本。最近又一起去了杭州。我们共同经历了漫长的旅途，因为我们互相享受做伴的乐趣，一起去享受旅途中所遭遇的喜乐或不快。

蔡澜是一个真正潇洒的人。率真潇洒而能以轻松活泼的心态对待人生，尤其是对人生中的失落或不愉快的遭遇处之泰然，若无其事，不但外表如此，而且是真正的不萦于怀，一笑置之。"置之"不太容易，要加上"一笑"，那是更加不容易了。他不抱怨食物不可口，不抱怨汽车太颠簸。他教我怎样喝最低劣、辛辣的意大利土酒，怎样在新加坡大排档中吸牛骨髓，我会皱起眉头，他却始终开怀大笑，所以他肯定比我潇洒得多。

我小时候读《世说新语》，对其中所记魏晋名流的潇洒言行不由得暗暗佩服，后来才感到他们矫揉造作。几年前用功细读魏晋正史，方知何曾、王衍、王戎、潘岳等等这大批风流名士，其实猥琐龌龊得很，政治生涯和实际生活之卑鄙下流，与他们的漂亮谈吐适成对照。我现在年纪大了，世事经历多了，各种各样的人物也见得多了，是真的潇洒，还是硬扮漂亮，一见即知。我喜欢和蔡澜交友交往，不仅仅是由于他学识渊博、多才多艺，和我友谊深厚，更由于他一贯的潇洒自若。好像令狐冲、段誉、郭靖、乔峰，四个都是好人，然而我更喜欢和令狐冲大哥、段公子做朋友。

蔡澜见识广博，懂得很多，人情通达而善于为人着想，琴棋书画、酒色财气、吃喝玩乐、文学电影，什么都懂。他不弹古琴、不下围棋、不作画、不嫖、不赌，但人生中各种玩意儿都懂其门道，于电影、诗词、书法、金石、饮食之道，更可说是第一流的通达。他女友不少，但皆接之以礼，不逾友道。男友更多，三教九流，不拘一格。他说黄色笑话更是绝顶卓越，听来只觉其十分可笑而毫不猥亵，那也是很高明的艺术了。

过去，和他一起相对喝威士忌、抽香烟谈天，是生活中一大乐趣。自从我心脏病发之后，香烟不能抽了，烈酒也不能饮了，然而每逢宴席，仍喜欢坐在他旁边。一来习惯了；二来可以互相悄声说些席上旁人不中听的话，共引以为乐；三来可以闻到一些他所吸的香烟余气，稍过烟瘾。

蔡澜交友虽广，但不识他的人毕竟还是很多，如果读了我这篇短文心生仰慕，想享受一下听他谈话之乐，又未必有机会坐在他身旁饮酒，那么读几本他写的随笔，所得也相差无几。

金庸

代序·我喜欢的是欣赏

问：你认为幸福是怎么一回事？

答：幸福是在一个懒洋洋的下午，阳光斜射烟雾缭绕的开放式厨房，和最好的朋友，做做葱油饼，被香槟灌醉。再者，老了之后还可以拼命赚钱，远比年轻时赚钱更有自信，幸福得多。

问：你最珍贵的收藏品是什么？

答：没有，一切都是身外物。徐悲鸿有一方印章，刻着"暂存吾家"，我很喜欢，我也常用"由我得之，由我遣之"这句话。

问：你觉得朋友之间，最珍贵的是什么？

答：最珍贵在于能够在思想上沟通，你教我些什么，或者我有什么可以讲给你听。我结的是中等缘。对朋友，我珍惜可以"我醉欲眠卿且去"的朋友，我想念"只愿无事常相见"的朋友。

问：已近古稀之年，但您依然身兼多职，有没有打算哪天退休，然后像普通老头那样终老？

答：患了老年痴呆症，就退休。老，是不能免的，是另一种人生阶段，也得享受，花间补读未完书，不一定要花很多钱。不然活着，等于没活。

问：对生、老、病、死的看法是什么？

答：我常开黄霑兄的玩笑，他大我几个月，我说生，你已经生下来了，没什么好谈的。老，你已经老了。病，你的太太是医院院长的女儿，病了有人照顾。至于死，你死定。人生有什么好大惊小怪的？（笑）

问：说到人生，你也不正经。

答：如果你了解人生，你也不会正经。

问：既然死是必然的事，你有没有想过这个问题？

答：当然，我们受中国教育的人，最不好的就是不肯正视这个问题。死亡是人生的一部分，接触愈多，愈看得透彻。可以当旅行，向外国人学习，墨西哥人穷困，死亡一直陪伴着他们，所以有死亡节日，像巴西人的嘉年华会，大放烟花，小孩子买做成骷髅形的白糖来吃，和死亡为伍，惯了，就不怕了。我们中国人

V

总是不去谈它。太怕死了，不是好事。

问：既然你不介意这件事，那么怎么死法，才算死得好？
答：死，要死得尊严，就像老要老得尊严一样。

问：你不避忌谈谈死亡的问题吧？
答：人生必经之道。避忌些什么？这是东方人的缺点，以为长寿是福，从不谈及死亡的问题，活得不快乐的话，长寿怎会是福分呢？

问：什么叫充实？
答：多看书，多旅行，多观察别人是怎么活下去的，多学一点儿你想学的东西，就会感到充实。像我最近才学会用计算机上网，就有充实感。

问：物质上的享受重不重要？
答：回答你不重要，是骗你的，我的欲望还是很强。我的一个食评专栏名字叫《未能食素》，和吃不吃肉没有关系，那是代表我对物质的放不下，我还不能达到无欲无求的层次。

问：那怎么没看到你写关于你的烦恼的文章？
答：我想我基本上是一个很喜欢娱乐别人的人，干了半辈子的电影，多少也是一种娱乐事业。喜欢娱乐别人的人，怎会把自己的烦恼告诉人家？

问：我们年轻人怎么克服烦恼呢？
答：没得克服，只有与它共存。

问：怎么共存？
答：一切烦恼，总会过的。我们小时候烦恼会不会被家长责骂。大了一点儿，担心老师追功课。思春期为失恋痛苦。出来做事怕被炒鱿鱼。但是，这一切都不是已经过了吗？一过，就觉得当时的烦恼很愚蠢，很可笑。我们活在一个刷卡的年代，为什么不透支快乐？既然知道一过就好笑，不如先笑个饱算数。

问：这不是阿Q精神吗？
答：什么叫阿Q精神，你还弄不懂，你想说的是逃避心理吧？逃避有什么不好？逃避如果可以解决困扰，尽管逃避，有些事，避它一避，过后它们自动解决。

问：什么情形下才产生烦恼？
答：个人看得开的话，烦恼不出在自己身上，是出在你周围的人身上。喜欢的人，在不知不觉之中，完全变成另一个人，而你自己又改变不了对方的想法，烦恼就产生了。

问：怎么自得其乐？

答：做学问呀！

问：普通人怎么要求他们去做学问？

答：我所谓的学问，并不深。种花、养鸟、饲金鱼。简简单单的乐趣，都是学问。看你研究得深不深，热诚有多少。做到忘我的程度，一切烦恼就消失了。你已经躲进自己的世界，别人干扰不了你。

问：为什么你讲来讲去，都讲到钱？

答：为理想而不顾钱的阶段，在我人生也有过，但是不多。不过钱多一个零少一个零对日常生活也没什么改变，钱只是一种别人对自己的肯定，我是俗人，我需要这份肯定。

问：从旅行中，你还能学到什么东西？

答：学到谦虚和不贪心，我最爱重复的有两个故事：一个是我在印度山上，土女整天烧鸡给我吃，我问她有没有吃过鱼，她说什么是鱼，我画了一条给她看，说你没吃过鱼，真是可惜。她回答说：我没吃过鱼，有什么可惜？另外一个故事是发生在西班牙的小岛上。一早出来散步，遇到一个老嬉皮在钓鱼，地中海清澈见底，我看到他面前的群鱼很小尾，在另一边的很大，我向他说：喂，老头，那边的鱼大，去那边钓吧。你知道他怎么回答？他说：我钓的，只是午餐。

问：去完一个地方，回来可以做些什么？

答：最好是以种种方式把旅行的经验记录下来，能用文字写出来最好了。或者画画，不然用相机拍，总是要留些回忆，储蓄来在老的时候用。忘得一干二净的话，以后坐在摇椅上，两只眼睛空空地望着前面，什么美好的东西都想不起，是很可悲的。

问：有很多地方我也想去，但是考虑了很久，还是去不成，怎么办？

答：想走就走，放下一切，世界不会因为没有了你而不运转的，说走就走，你没胆，我借给你。

问：你最喜欢喝的是哪一种酒？白兰地？威士忌？红酒？白酒？

答：爱喝酒的人，有酒精的酒都喜欢，最爱喝的酒，是与朋友和家人一起喝的酒。

问：大白天喝酒，是不是很堕落？

答：能够一大早就喝酒的人，代表他已经是一个可以主宰自己时间的人，是个自由自在的人，是很幸福的。他不必为了要上班，怕上司看到他喝酒而被炒鱿鱼。他也不必担心开会时遭受对方公司的人侧目。这一定是他争取回来的身份，他已付出了努力的代价，现在是收获期，人家是白昼宣淫，这些人是白昼宣饮，哈哈哈哈。白天喝酒，是因为他们想喝就喝，不是因为上了酒瘾才喝。这怎么会是堕落？替他高兴还来不及呢。

问：什么叫作喝够即止，能做到吗？
答：这是意志力的问题。我的意志力很强，做得到喝到微醉，就不再喝了。

问：什么叫自然醉？
答：热爱生命，对什么东西都好奇，拼命问。问得多了，了解了，脑中产生大量的吗啡，兴奋了，手舞足蹈了，那就是自然醉，不喝酒也行，又达到另一种境界。

问：那么多的兴趣，要等到什么时候才去做？是不是要等到退休？
答：我早已退休了，从很年轻开始已经学会退休。我一直觉得时间不够用，只能在某一个时期，做某件事。什么时候开始，什么时候终结，随缘吧。

第一章 我喜欢的是欣赏

美妙

现在我人在日本和歌山的白滨，望着海写稿。天色由一片漆黑到逐渐变为紫色、浅蓝、淡黄，古人所说的鱼肚白，不是很正确，如果每天看日出，你会发现有其他颜色，但就是不白。

山叠山、云叠云，以为是一片同样的颜色，但其中有它的层次，分出远近。

微风吹动了海面，这是一个湾，像湖泊多过大海。无数的渔排，用来养殖生蚝。渔船从中间穿过，一艘两艘三艘，数个不清，是手持肩扛的渔民出海的时候了，反方向是捕捉乌贼的船归来，一艘船中有几十盏大灯，不吝啬地亮着，反映在海面上，一艘变为两艘。

选择这段时间工作，主要是被日出吸引，别人以为难得的美景，其实每天都存在，不管是在山中，还是在闹市，都是一天中最纯洁的时候，你已经有多久没有看过日出？

海鸥追随着渔船，渔夫将卖不出的杂鱼扔给它们吃，大自然之中，一点儿也不浪费。

群山发出烟雾，是太阳的热量将露水蒸发，原来一切都在变动。海面、飞鸟、归舟、云朵，没有一种景象是静止的，除了遥远的房子吧？但我也看到灯火一盏盏熄灭，又明亮了起来。

一日出，大地就由童话变为现实。渔夫们抱怨所捕鱼渐少，年轻一辈不肯继承父业。有时在海面上看到一层薄薄的浮油，从什么地方漂来的呢？巨轮的残余吧？那么渔排下养的生蚝，还能吃吗？

正感到绝望，天又渐渐转变颜色，古人说"天黑了"。当今的天，被城市之光照亮，只见蓝，就是不黑。这天地，不黑不白，剩下灰色。

又是写稿到天亮，大地回到童话世界，天真无邪。海鸥群中，有一只老鹰，那翅膀是多么坚强巨大，是不是可以把我载走，飞向太阳？活着，还是美妙的。

禅味与俗味

京都庙宇那么多,游哪一间最好?当然是南禅寺了。地址在何处?诗云:"第二桥冬雨后泥,村园门巷路东西;遇人传问南禅寺,一带青松路不迷。"

自然、青松,一点儿都不造作,很易懂的,才有禅味。这间庙不大,简简单单地依足禅宗七堂伽蓝蓝本建筑,有敕使门、山门、佛殿、法堂、方丈、钟楼、经堂和浴堂。

庭院中有砂石,园中有松柏枫叶,幽静的气氛之下,是参禅的最佳境界。忽然,花园中有一座西洋式的砖瓦水渠出现在眼前,本来是极不协调的,当年建筑时,它给守旧的人骂死,但是引琵琶湖水入京都是日常需要,想到这里,这座水渠便和庭园融合,变为优美。

南禅寺又以吃豆腐著名。冬天的雪,露天的茅亭,桌上的汤豆腐,什么配料都没有,但异常好吃,加上一壶酒,禅味十足。

附近开了很多汤豆腐的店,多是小庙的和尚经营。其中有一家叫"达摩"的招牌写着:"面壁七年,结果什么都不懂。"这也是禅的基本吧。

我去寻回三十几年前光顾的豆腐店,一家家看,已不是那个凉亭,也就无心进食,当成看到了、吃过了。

由南禅寺到附近的平安神宫,单单是花园的面积已有九万平方英尺[1],比南禅寺大十倍,是天皇来京都的必经之地。

一看,寺庙的柱梁漆成柿红色,用的漆料低贱的关系吧,俗气冲天。

庭园虽大,但杂乱得很,还有一个车厢,说是日本第一架电车。摆在这儿干什么?

所以说高手就是高手,眼光趣味都不同,比起已经悟道的南禅寺,平安神宫一点儿也不平安,到京都去,千万避免。

---

[1] 按照国际单位制换算,1平方英尺约等于0.0929平方米。

当一日和尚

游玩日本，除了游览名胜、购物、去迪士尼乐园和吃鱼生以外，还有很多其他的享受。有些是很另类的，像参禅便是其中之一。

在寺庙中体验一下当一日和尚，欣赏佛像的安详、庭园的幽美，吃很特别的斋菜，念念佛、写写经，这是多么美妙的境界！

日本人很爱旅行，古时候是不准平民到处去的，大家便借着到庙里上香的理由，到各个寺庙留宿，称之为"宿坊"。当年很盛行，羽黑山约有三百家、高野山有两千家以上的寺庙提供这种服务。

随着时代的变迁，交通发达，酒店、旅馆林立，宿坊已很没落，非常难找。

我结交的和尚朋友很多，有好几个很有品位的寺庙让我过夜，与和尚喝酒谈佛。但是一般旅客没有这种关系，想追求心灵的旅程何处寻？别急，让我这个老牧童来遥指。

做一日和尚，可到山梨县的大善寺。电影里常出现老和尚拿着一根大木棍，要是念经念得瞌睡，老和尚便会当头一棒击下。不要紧，大善寺的和尚只用一根"五股杵"轻轻在你的背上压一下，使你坐正，便不会昏昏欲睡。

如果你读过一本叫《月山》的小说，那要去山形县的注连寺了。

这里有作家森敦亲笔写的挂轴。晚上睡觉，躲进大蚊帐里面。蚊帐是用庙里的祈祷簿的纸，一张张用手贴起来的。

小说中提到，在蚊帐中把自己当成一只蚕，耐着余寒，做了一个"天梦"。这天梦是怎么一回事儿，非自己体验不可。

一般的京都酒店都很贵，不如住进庙里。

东林寺的长廊和庭园都很有古风，日本人对于失败者会寄予无限同情，爱好"灭亡的美学"。在古典名著《源氏物语》和《平家物语》中，源氏和平家打仗，后者失败了，在故事中提到了一棵"沙罗双树"。这棵树长满白花，落在地上，花像从草中长出的，非常凄美，住在东林寺便可以见到此树。

睡不惯榻榻米的话，京都的妙心寺的花园会馆有汉式房间，又设有宽大的洗手间给行动不方便的人士，最适合带老人家来入住。

说到老，一定要谈死。日本人对死亡有很大的迷恋，他们喜欢到青森县的恐山去。

恐山自古以来是死尸集中的高山，山上石头一块块、光秃秃的，很像骷髅。由地上喷出硫黄气，简直是个地狱。

不过，这里也是最佳的温泉地，恐山境内有四大温泉：花染温泉、冷拔温泉、古泷温泉和药师温泉，能治肠胃病、风湿和眼疾。住进菩提寺，一面吃斋一面听僧侣们朗诵"五观之偈"，又是另一种乐趣。

别老是谈病讲死，要心灵清净，最好的选择是奈良县的大门坊了。

在这里，住持前川真澄亲自教导你抄《心经》。不懂得书法不要紧，把经文放在桌上，上面再铺张写经纸，照抄即可。

《心经》强调一个"无"字，集中精神写经时便能忘我，到达"无"的境界，所以写错了也不要紧，半途而废也不要紧，前川真澄说。

山形县西川町三山神社的伊藤坊，楼顶很高，古木建筑，一走进去便有一阵清凉的感觉。

在这里，参拜者可以自己到山中采山菜交给和尚替你煮斋，又是另一番情趣。

同个山中，也可以入住宫田坊。

在晨曦薄雾中，古老的庙宇屋顶为茅草盖的。又有一条很长的石阶，像武侠小说中出现的情境。

"我们的拜神酒任饮不拘。"住持说。

喝酒的杯子还可以选择，通常是四方形的大木盒，但也有天狗面具的木杯，还有一种漏斗杯，穿了一个洞，要用手指顶住才能不漏酒，非一口喝完不可。

日本的庙宇，乐趣在于跟和尚聊天。和尚与你我无异，可以娶老婆，可以喝酒，不但喝酒，还要自己酿酒。大善寺就以盛产葡萄酒出名，不过不是免费喝，一瓶一千二百日元，也不过是几十块港币。

有一些庙不强调吃喝，像山梨县的七面山敬慎院，就以一菜一汤的规格，要求客人寡欲。

这个庙很难去，要爬三至五个小时的山才能抵达。起床时间也有规定。在清晨，和尚叫醒你，面对着巨大的富士山念经。念完吃粥配山菜，很有禅味。

我喜欢的是欣赏

樱花

横跨日本，遇樱花季节，由开放到凋落。

先是在枯枝中出现粉红色的小点，接着初开，零零落落的，非常孤寂，其中一朵盛开了，旁边的花朵跟着，成为一个花团。

左枝右枝，花团渐密，退几步看，整棵树是花，再远观，一株两株，几百棵几千株，怒放成林。

也有路的两旁伸出横枝，围成一个樱花隧道的，这时已开始飘落，是花雨。

忽然，花林中掺杂了一两棵桃花，鲜红或艳黄。樱花让路，不将它们挤掉，令情景没那么单调，有种种变化。

我们躲开人群，乘船沿河直上观赏，平底舟甚大，可坐二十几人。食物一道道上，我们喝了清酒，昏昏欲睡，花瓣掉落在脸上，有如美女亲吻。

不消一星期，花掉尽，树回到开花之前的光秃，这时候，又可见一小点，已是绿色，树叶代花。

正为花的凋零伤感，一路北上，再看到粉红色的小点。各地区温度不同，开花时间不一，又能将美梦一次次地重复。好风好雨、好花好草又到眼前，我喜欢的是欣赏。

凄美

每年，日本的樱花都盛放，国际电视、报纸和杂志都争着报道，但是除了当地人之外，游客亲眼看到樱花的，甚少。

最多也是开个一星期嘛，视天气的寒暖，不会在四月一日或十五日之指定日子而开，所以我们常笑说樱花很疯癫，喜欢才开给你看。

复活节那几天我们几个朋友去群马县浸温泉，之前在"镛记"开茶会，吃烧鹅时有人问："这次看不看得到樱花？"

"算日子，应该过了。"朋友说。

"这几天很温暖，一定看不到花。"助手美智子也会随行，我们这次三十六位朋友，连我，有三个向导。

飞机降落东京，公路上的樱花，的确已经谢了，光光秃秃的樱花树枝，最难看。

一般，我们是先抵达一个都市，歇一晚，吃餐好的，翌日出发，在两个温泉下榻，第四天折回都市购物，再住一晚，第五天下午返港。好处是休息的时间足够，缺点在于买东西的时间不足。

这次改变行程，由成田机场直奔群马县，泡两晚温泉，回程在东京整整停个三天，购物购个够，就没人抱怨了。

本来早应该打开的樱花，因天气骤然变冷而缩回花蕊，后来又逐渐开了。东京的花期已过，但我们一路往较为寒冷的山区走，一路樱花怒放。

樱花要一大群一大群才好看，在第三天的回程中，我们去了一个叫观音山的地方，有座数十层楼高的观音像。那天日本人称为"满开"，是樱花最灿烂的日子。

品种多得不得了，有白的、粉红的、鲜红的，有些树接了枝，两种不同颜色的花齐放，又有八瓣球状的花种，开大朵的花。当大家举头看的时候，我观察飘落在地上的樱花海。

日本人是极为悲观的民族，他们赞赏失败多过成功，喜欢落樱多过满开。来了日本入乡随俗，才了解什么叫"凄美"。

看树，可以使人变得谦虚一点儿

在日本青森县金木町的树林中看到一棵很奇怪的树，树身一周量起来有二十多英尺长，长了十二枝树枝，每一枝都向上翘，像巨型的佛手。在当地人的想象中，它像一管插鱼的用具，又叫它为"十二鱼叉"。

更古怪的是，此树第十三枝树枝长了出来，便有另一枝枯竭了，永远保持十二枝。用现代科技测量，这棵树至少有八百年的寿命。

如果你想去看看，可以乘津轻铁道去金木驿，再乘二十分钟左右的车就能抵达，经过一个叫砂利道的树林，再往前走四公里左右，这棵树就在你眼前。

附近一片寂静，偶尔听到鸟声，对着树，整个气氛非常庄严。这样的树，活得那么久，一定变成树精了，我相信。

忽然，一阵风吹来，树枝与树枝相撞，发出咿咿哎哎的巨响，像在回应我的想法没错。

如果嫌青森太远，下次到东京时可以乘JR线到松町驿，走路十分钟,乘地下铁到芝公园驿,走路五分钟,就可以到江户川区东小岩的善养寺。那里有一棵树叫"影向之树",树高只有十八英尺,但树枝则是扁平地向四周伸去,覆盖的面积有两千四百平方英尺。"影向"二字,在佛教的用语里,意思是佛的显身。

见到这些树,我们都会感觉自己的渺小,我们向树学习,可以变得谦虚一点儿,这是看树最大的好处。

年轻时不懂得欣赏,也不知树的力量。在拍一部电影时,男女主角在雪地散步,画面有飘雪才美,刚好附近有棵大树,枝上积满了雪。如果能把雪摇下就好了。试着摇,树一动也不动,恼起来,走后几步,用身体向树撞去,一阵刺痛,肩骨差点儿碰得粉碎。树像在笑我:真是一个不知天高地厚的傻小子!

名古屋城

来到名古屋，先去看城堡。

名古屋城是德川家康命令建造的。当年从东京到大阪之间的一段路叫东海道，所建的一个个城堡可以截停敌人打过来。

我们现在看到的是重建的东西，真正的名古屋城在第二次世界大战中被烧得七七八八，只剩下石墙。这里的石头每块八九吨重，巨大无比。当年德川家康好威风，一声命令下来所有的诸侯都要献石。如果你仔细地看，可见诸侯们在自己搬来的石头上雕着记号，其中有一个符号和当今流行的"串烧三兄弟"的三粒团子一样，不知道是不是有人搞恶作剧在晚上偷偷地刻上，或是古人早就爱吃团子串烧？

如果把名古屋城和姬路城一比，后者优美得多。不过名古屋城也有它的特点，屋瓦用铜片组成，氧化后变成绿色，其他城堡多用陶瓦，黑漆漆的并不好看。

最令人注目的是瓦顶两端的"金鯱"①，始于室町年代的城堡成形期，相信是中国传过去的。这只像大鲤鱼的吻兽是用来防火的，但没有发挥它的功能，最后还是被烧掉。

原先那两只鯱用了一万八千两黄金铸成，为城主权力的象征。后来重建，也花了九十公斤的金条。当中还有一个小插曲，一群贼在晚上偷偷去剥金，金没偷成，人跌死了几个。

城墙中有很多的弯弯曲曲的小路，想起黑泽明的电影中士兵攻城的镜头，盲目的小卒听上级命令一味前进，也许是军官们答应攻下了这座墙有永远的荣华富贵，但他们怎么会那般愚蠢呢？先头部队一定先死——城中有无数的铁炮洞，他们当年已学会用长枪，墙上又有许多钩，用来挂煮滚的油锅，倒下来把敌人烫成烧猪。

每次看城堡，都感慨一番，古人只会以战争来霸占人家的地方，除此之外，并无他途，幻想力极有限。

---

① 鯱，hǔ，一种日本海兽。

一个人的山阴之旅

在大阪和福冈之间的地方,叫中国地方①。

和我们的"中国",有点儿混淆。日本的中国地方,南边叫山阳,北部称山阴。各位有一个模糊的概念,也已足够。

选中山阴的原因,是很少有人去这种地方,很多东京人一生也没到过。日本乡下还保存一些古风,做你生意的人很有礼貌,是真是假都好,总之当你是大老爷般对你鞠躬作揖,这在大城市已是少有的了。

从大阪出发,我先来到冈山县的备前。

备前的陶器著名,和濑户、常滑、丹波、越前、信乐五个地方加起来,为日本六大古窑,制陶历史已超过一千年。这六个窑中,我最喜欢的就是备前烧。

以制瓷器的方法烧,但不上釉,在一千二百度的高温下连

---

① 中国地方:日本的一个区域概念,是日本本州岛西部地区的全称。

续烧十至十二天，产品呈深褐色，一眼看去没什么大不了，细细观赏，褐色之中出现红、黑、金等层次，真是玩之不厌，味之无穷。

市内的冈山县备前陶艺美术馆中有日本的人间国宝级大师藤原启、金重陶阳、山本陶秀等人的作品展馆。

亲自动手制造备前烧也行，可到冈山备前烧工房去，他们给你一公斤半的黏土，教你怎么做，付个两千日元罢了，要等着烧十几天才完成，邮寄给你。

制完陶器，跑到附近的一家餐厅，吃大锅鱼。什么叫大锅鱼？弄一个大锅，把什么小鱼都放进去煮，其他什么油盐都不下，就那么煲滚就吃，有点儿像马赛的布耶佩斯鱼汤。

从备前北上，到达山阴的六大温泉区之一的汤原。笑盈盈地前来欢迎的是八景旅馆的老板娘，非常漂亮，她的父亲在香港办厂，她在香港从小住到大，嫁到汤原区，接班掌管整间旅店。

日本人的旅馆管理是世界独特的，一定由女人主掌，称之为"女大将（OKAMI）"。

有一次金庸先生请客，与倪匡兄一起去日光的"海石榴"旅馆。本来是第一流的地方，倪匡兄嫌东嫌西，后来一见女侍穿戴全身高贵的和服出来宴客，美若仙人，威如牢吏，即刻静了下来，一声也不敢出。

鸟取县的汤原八景旅馆的女大将组织力很强，即刻为我打了几个电话，安排我在山阴的行程，笑着说："一切包在我身上。"

先在旅馆的几个池子泡泡温泉,以桧木制成的池子,有一股很浓厚的木味,头上有盖称之"川之汤"。日本人叫热水为汤,我走出来后向女大将打笑:"这只能叫半露天汤!"

大将即刻请我到一个叫"山之汤"的池子,可真的感受到了细雨飘下的露天风吕①,一面望着山景一面泡,薄雾迷蒙,想起苏东坡诗句:"横看成岭侧成峰,远近高低各不同。不识庐山真面目,只缘身在此山中。"

当晚吃的是山珍料理,有鱼有肉,但主要是河鲜和许多不同的蔬菜,与其他一般的旅馆料理不同,换换口味,一乐也。

女大将前来敬酒,问:"够露天吧?"

我点点头,回敬她一杯。

"如果想享受不是人工化的汤,到旅馆对面河边去,那里虽然是公众浴池,但是纯天然,也值得试试。"她说。

"那不是给桥上的人看得一清二楚?"我说。

女大将笑了:"你们男人不亏本嘛。"

"女的不敢去吗?"我问。

"半夜十二点过后,有些女的也去泡的。"女大将说完,见我正想开口,即刻会意,我们两人同时说:"不过老太婆

---

① 风吕,原意为澡盆,现多用来表示洗澡或泡澡,也代指浴室。

居多。"

宁静地住了一晚,明天去"大根岛"。

大根,日本语是萝卜的意思。

大根岛并不种萝卜,种高丽人参。

岛上一排排的竹架,保护着初生的人参,整个岛有一半是这竹架子。

到了著名的田园"由老园"。

由老园原是旅馆,也由女大将主掌,老板娘名副其实地老。

我问:"传说中,种过人参的土地,养料都被吸收,不能再用,有没有这一回事?"

老板娘点头:"二十年才恢复,岛上的农夫知道什么地方种过,再不用它。"

一排排人参,叶子巨大,长出花来,起初是白色,后来变为鲜红的种子,种子小,能药用,叶没营养,只有根部才值钱。

"人参不算好看,"女大将说,"去欣赏我们的牡丹吧。"

我一听到牡丹,大喜,花卉之中,我最爱牡丹,年轻时嫌她媚俗,长大后才知道娇艳发乎自然,魅力抵挡不住。

"但是现在只是初春,花还没开吧?"

女大将说:"我们有一个温室,让客人一年四季看花。"

果然各色各样的大牡丹,目不暇给,而各种中国品种都齐全,看得人心花怒放。

"带你去看看稀有的品种寒牡丹。"女大将说,"花园春天看牡丹,夏天看菖蒲,秋天看红叶,冬天赏雪,只有寒牡丹开着。"

寒牡丹用一个稻草的小屋盖着,红色的大花,看起来和一般的牡丹不一样,像茶花多过牡丹。

女大将会意,点头说:"应该列入茶花科!看看另一边的蜡梅吧。"

黄色的蜡梅,的确像用蜡模倒出来的,大小划一,不但美丽,还有微香。

看完花,吃人参宴去。

在大根岛的由老园一面观赏庭园,一面吃出名的"高丽人参怀石料理"。

先来一杯人参酒,继之是叫"八寸"的前菜。人参汤、刺身、烤鱼、螃蟹小火锅、鳗鱼炖蛋、人参天妇罗、醋浸昆布,最后的饭也很特别,只在山阴吃得到。

小碟子中摆了切碎的蛋白、蛋黄、鲷鱼蓉、萝卜蓉、细葱等,中间一撮绿茶粉末,把上述配料倒在热腾腾的白饭上面,最后才放茶粉,再加鱼汤,就是一碗很香甜的泡饭,不用其他菜,本身就是一道吃得又饱又美味的料理。

桌上的东西给我吃个精光。为什么胃口那么好?与酱油有关。这里用的酱油又浓又甜,像我们的老抽和猪油的混合,是天下极品。询问之下,才知道是松江地区的福间厂酿制的,吃完饭便直奔松江。

福间卖的酱油有吃刺身用的"溜",最高级的了。较淡的叫"浓口",更淡的叫"淡口",最淡的叫"白口",都很香,略带甜,可惜不能多带,各种都买了一小瓶。

松江的郊外,是出名的"玉造温泉"。

这里的长生阁旅馆的女大将也很老,我们在香港认识,大家吃过一顿饭,她很热情地招呼我,让我以普通房租入住最好的房间长寿宫。

"真谢谢你。"我问女大将,"在长生阁旅馆住长寿宫,会不会不老?"

女大将笑道:"真的不老,我早就不租给客人,自己住了。"

这里也有露天温泉,吃得也丰富,十几种佳肴之后,有海胆饭打底。

孤独的旅行,也有好处,不必应酬其他,静静地喝酒,又是另外一番味道。浸完温泉后小睡,半夜起身写这篇东西。

稿纸已不是催命符,发现它的好处,原来还可以用来做伴。

人都羡慕得不到的东西

带朋友来日本打高尔夫球,连玩三场,其中一家是"本间(Honma)",可以度身定制球棒和刻上用者名字。

见诸友顺利开球,自己不打,不知道要做些什么才好。球场女经理见我无聊,前来搭讪:"日本给你跑遍了吧?还有什么地方要去的?"

我说:"一路上经过很多小农村,一间间屋子,里面是怎样的,倒想看看。"

"我家就住在附近的龙神村,我带你去。"她态度真诚,也不好拒绝,跟着她上车。

龙神村的温泉相当出名,我们抵达一个公众温泉,进口分男女,各自去泡了一下。然后到了她的家,是间典型的日本木屋,走进去才发现相当宽大,只住她和她母亲两人。妈妈见有稀客,又是外国人,即刻下厨煮饭:"没有准备,请别见怪,只有新米。"

正中我下怀,当今刚是稻谷收获的季节,米最新鲜。

"我们这里都是自供自给的。"女经理说完脱下高跟鞋，赤足带我爬上山坡的小农田，摘了些蔬菜，又深入松林，在树下采个松茸，我看到苦瓜，要了两个。回到家里，见她母亲已把鲇鱼烤熟，给我倒酒送菜，又将松茸拿去蒸鸡蛋。我在另一个灶上把一个苦瓜灼熟，另一个生切，两个苦瓜一起炒，口感味道皆异，此道菜叫苦瓜炒苦瓜，吃得她们母女大乐。

热腾腾的白饭已炊好，一粒粒发光，香味扑鼻，下几片萝卜干，已能连吞三大碗。

打开窗，摘了几个树上熟的柿子，削皮来吃，饱得昏昏欲睡。

"在这里住下，多活几年。"我说。

女经理笑了："我们还怀念城市的霓虹灯呢。人都羡慕得不到的东西。"

年轻人一定要去一趟东京

好友的儿女，未足二十岁，兄妹想结伴到东京去玩，不跟家长。

做妈妈的担心，要我为他们设计一个行程：什么地方应该去或不应该去？新宿是不是一个充满罪恶的地方？自己乘车迷路怎么办？的士司机会不会讲英语？等等等等，问个没完。

第一，别以为在东京有言语障碍，年轻人不会遇到障碍的，这是他们的天性。指手画脚，便行得通。第一个不明白，问第二个。所发生的困难，今后皆变成讲个数十年的笑话。

第二，别把东京想得那么大。当它是一粒橙，而形成这一粒橙的是绕圆圈圈的山手线。搭电车游览各个车站的特色，已是两个星期都走不完的行程，把这个橙切成两半的是中央线，直通南北。

山手线、中央二线为JR，Japan Railways（日本铁路公司）经营，向酒店买一张IO Card，面额有三千日元和五千日元，便可通行无阻。另外在地下铁和其他电车通用的Pass Net[①]，也是好用的储值票。

第三，选择居住的地方：我个人认为年轻人最好住惠比寿（Ebisu）。

惠比寿离涩谷不远，附近又有最时尚的青年区代官山（Daikanyama），吃的方面更不必愁，惠比寿的拉面店林立，是全东京最好吃的。

第四，购物之余，与其到迪士尼乐园，不如做点儿和文化有关的事。迪士尼大把时间去，要去的话去美国原来的那个，仿制品有什么好玩？

什么叫文化？在山手线的上野就是个有文化的地方，拥有最好的博物馆和公园。再下去可到相当于剑桥、牛津的大学走走，东京大学、庆应大学和青山学院大学等，感染人家念书的优秀氛围，或许自己有一天也能在那儿上课。

第五，永远别担心年轻人的安危，新宿并不可怕。倪匡兄说道："坏的子女教不好，好的子女教不坏。"

---

① 日本的一种交通卡，后更名为PASMO。

我最熟悉的银座

在东京，我最熟悉的就是银座了。来了都住帝国酒店，从旁门走出，看到火车桥，走进去有条巷子。

一头一尾各有一家寿司店，鱼从筑地运来，又新鲜又便宜，也有英文菜单，方便游客。

再往前走，有数间咖啡馆，我只爱喝茶，甚少走入，水准如何，不知。也有开到深夜的拉面店，叫"芳兰"，不算特别，吃得过而已。

当然有日本料理店，但有些做不下去，近年来已改为韩国料理，自从韩潮入侵，老太婆看到韩国俊男都会尖叫，日本人忽然觉得韩国东西高级起来，生意滔滔。

巷中最常光顾的是一家叫"庆乐"的中国餐馆，玻璃橱窗中挂了几条叉烧招徕顾客。其实店里最好吃的是牛腩饭，五十年来保持一贯的水准，桌上一定有一瓶将辣椒打碎了、浸在醋里的酱料，少了它，牛腩饭便没那么好吃了。

那几个侍女，从年轻做到老，每次去，都叫我问候成龙，他也爱在那里吃饭。有次东宝公司的高层到访，他们在周围有很多家戏院，富士电视台和嘉禾合作了《孔雀王子》，由我监制。我们在"庆乐"看第一场的反应，结果卖个满堂红，大家吃牛腩饭庆祝。

火车桥底还有多家卖日本早餐的，如今已关门，从前邵逸夫先生来日，厌倦了酒店东西就叫我带他到桥底吃。火车从头上经过，隆隆作响，摇摇晃晃，架上的碗碟跌入大锅汤中，溅得他一身，而他没发脾气，只皱皱眉头，苦笑一下，走回酒店换了新西装再去五大公司看试片。

有一个新年，和何冠昌先生到巷子里的一间叫"锦江庄"的麻将馆打牌，那时电动洗牌机刚发明，觉得新奇。打个通宵，店员自动离去，叫我们先付了钱，打完反锁房门即可。我们有时漏了几张牌，有时把筹码扔入洞里，全店只有六张麻将桌，给我打坏了四张，记忆犹新。

忠犬八公前的等候

朋友、情人约会，常因等错地方而误事。刚到东京，乌龙同学叫我在新宿的一家大厦门口等他，我说人生地不熟，那里有何特征？他答道，屋顶上有一个很大的啤酒杯广告。我有印象，便前往。一到新宿，四处高望，见数家大厦楼上至少有五个大啤酒杯广告，即刻"晕倒"。

在东京，只有一个地方不会搞错，所以相邀时说："八公前见。"

阿八是一个教授的爱犬，主人每天到大学上下课，阿八定时定刻到车站迎送。一天老教授去世，狗不知情，但它念着旧主，每日仍在车站前徘徊。日本人感动，就在这涩谷的车站广场为阿八做了一个铜像，称它为"八公"。

现在的情人，地点虽然无变，但时间却出毛病。我站在八公前，见到周围许多人在焦急地踟蹰。他们是那么年轻，那么美好，为什么要这样互相折磨？等人家实在是一件痛苦的事，让人等难道也能安心吗？仔细看八公的铜像，它的眼睛和嘴角，发出的是微笑，还是讥讽？

俳句之美

Arima Grand Hotel（有马大酒店）是有马温泉区中最高级的一家，同行的朋友无一不赞叹它的新颖和豪华。

只有我一个人不太喜欢，总爱些古老与精致的旅馆，但为了大家，我也没话说了。

唯一欣赏该酒店的，是它的浴室，设于九楼屋顶，室内种满花草树木，每一个不同的季节都搞些情趣。这次去适逢盛暑，浴室外插着绿竹，枝上挂折纸鹤和灯笼之外，还有五颜六色的小纸条。

旁边摆了笔砚，让客人写俳句和愿望，然后亲自绑上去。

入浴后满身大汗，坐在竹旁喝杯冷茶，抽支烟，看纸条上写了些什么。

"赤字变黑字"，泡沫破裂，日本经济已有十年低迷，这大概是某大机构的社长写的吧，祈求由亏损变得有钱赚。

"愿我儿荣升课长"，可怜的母亲，希望儿子做一个小经理，要求不高。

也有"明年嫁给你",情窦初开的少女写的,以及老人家的"远望日落,有如吾生"。

我举起笔,不知写什么,自知非大富大贵之命,不能贪心。最后还是用歪歪斜斜的童体字写上"日日好日"。

每一个角落都摆满昙花,日人亦称之为"月下美人"。小字的说明写着"由九点到十二点",只有四小时寿命,感叹它的短暂。

"容易种吗?"一位女子也不畏陌生与我交谈。

"折一枝,插下就生。"我说,"但是在有福之家才开花,植物对人类,也有歧视。"

女子微笑,深深鞠躬后道别。

电梯口,有幅很大的小篆,写"一枝独向雪中开",签名"老梅"二字,是梅舒适先生的真迹。酷暑之中,甚有凉意。一如其名,很舒适。

如果你对温泉着迷

泡温泉千万别贪心

"汤",日语"滚水"的意思,浴室分男汤、女汤,但在日本泡汤,就不分男女。

浸温泉,当然是男女共浴的较有情趣,有时无伴,则需精神享受,像看日出日落。是的,泡温泉,看景很重要,如果没有女人看的话,看山看海看湖,由露天风吕望去,辽阔的大地或草原,一片落叶或是白雪,都令人心宽情怡。

泡温泉千万别贪心,水很滚,能浸多久是多久,一两分钟也足够,并非愈泡愈入味的。

入浴之前千万要记得把身体清洁,最好用旅馆供应的"祝君早安"的面巾,大力抹上肥皂,用它来洗擦,然后冲净,再浸面巾在冰冷的冻水之中,拧一拧放在头上,全身泡在温泉中的时候,这条面巾的冻水能使头脑降温,不是只因为好玩才放在头上的。

有许多朋友对户外露天的温泉着迷，不过浸这种风吕之前，最好先在室内的大池中泡，泡到冒汗时，才走出去浸露天风吕，否则一下子打开窗门走出，一定着凉。

有些日本人连露天的都懒得去浸，他们嫌水没有室内的热，不过这些人多数是老人家，如果你怕感冒，那么你也老了。

至于泡完后要不要再冲一次凉，见仁见智。池子的水外溢，不会有油脂浮在上面，为了保留药用矿物质，不冲也可。

泡完温泉后的一支烟倒是重要的，有如饭后、事后，绝不可缺。

清晨、半夜，人最少，可享受清静与孤独；人多时，则观察人间关系，像儿子替父亲擦背的行为，其他国家不见，这是互相接近的优良传统。这么一泡，今后再也不用板着脸来表示尊严。爷爷与孙子在温泉中的嬉戏，也是令人羡慕的，这种情景，是名副其实的雄赳赳的男汤。

温泉文化

浸温泉，也得有文化。文化是优良传统累积下来的经验，并非一朝一夕养成。

内地很多地方都有泉眼，涌出很热的泉水，挖一个池子，就能变温泉吗？

记得有个老板请我去:"你是专家,给点儿意见。"

我谦虚一番,什么都不说,因为说了也没用。最后这厮再三坚持,当然嘛,免费意见,不问白不问。

"不出三个月,这个池子一定在池边有一圈黑垢,得把温泉池挖低,让它有排水位,水一满就溢出。"我勉为其难地回答。

"什么?"他说,"让池水不停冲走?那不是浪费吗?""浪费才能保持干净。"我说。对方当然不理睬我说的话。数周后经过,好奇地专程去看看,果然不出所料,池边肮肮脏脏,天下最强的洗洁精也派不上用场。

文化,可以超越一般的道德观念,出浴嘛,一定裸体,像初生的婴儿。但没温泉文化的人不这么想,穿件游泳衣下去浸,为何不可?不是每一件都是干净的,就算没穿过,也会有大量化学染料,那些水,谁敢去碰?

台湾也没温泉文化。阳明山上有了温泉,友人带我去浸,我看,还是逃之夭夭。

为什么?池中的人,用手去搓身上的老泥。这种动作多年来冲凉时没停过,怎么改得掉呢?

浸温泉,还是留着去日本吧,那里大家先洗了头,把肥皂抹在毛巾上,再慢慢把身体的每一个部分擦干净。清水冲了又冲,才浸进池子。跟着就不动了,欣赏日出日落,池边樱花或绿竹,不管下雨还是下雪,各有情调。室内或户外都同样舒服,有时池子用松柏或桧木制成,经泉水一烫,更发出香味,那才叫作浸温泉。

真珠岛

从山上俯望,整个被称为"伊势志摩国家公园"的海湾很美,直见海底岩石。水上浮着多排养殖珍珠贝的棚架。

海中有游览船穿梭,可在上面进餐。因为是个湾,没有大浪,听说名古屋新机场在二〇〇五年建好后就有船直通到此地。

大大小小的岛上,其中之一的松林之中有几座古朴的建筑物,那就是由御木本幸吉开发的Mikimoto真珠岛了。

为什么不叫"珍珠"而叫"真珠"呢?前者是天然的,后者为养殖。近百年前御木本这个人发明了养殖技术,大量生产。家庭妇女才够钱每人买一串。

方法是把珍珠贝的肉剖开,放一块东西进去,它感到不适,又吐不出来,故拼命发出浓液来包住,液中带有光彩,三五年之后就养出一颗珍珠。

我起初还以为放进去的是一颗塑料圆珠,实地参观之后才知道是将本身已带色彩的贝壳,锯成小块,磨圆了再植入的。

岛上也设有天然珍珠的陈列馆,让人看天然珠与养殖珠之分别,一般人是分不出来的,好东西只有比较得出来。也不是每一颗都能成功养殖,有的不圆,有的光泽不够。

一百颗真珠之中,只能选出五颗,其他的磨成粉当化妆品。而那五颗也难有一颗是最高级的粉红色,这是Mikimoto的质量管理。

商场之中,各类珍珠目不暇接,Mikimoto最近也有一条新线,专做各类真珠以外的首饰和随身小道具。很多人一定买个疯狂。

买完东西看海女潜水取贝,她们穿着传统的白色薄衣,但浸水之后也看不到你想看的,只是一场表演罢了。

虽说是岛,但不必乘船过去,岸上搭了一条长廊直走,没有去过的话,是绝对值得一游的。

好雪片片

好雪片片

"雪"字在日文中的词语组合很优美。

"雪明道":夜间借雪光照亮了道路。

"雪折":树枝被积雪折断。

"雪搔":耙雪,雪耙子。

"雪国":多雪的地方。

"雪扣":敲掉木屐齿上的雪。

"雪达摩":雪人,堆雪成达摩状。

"雪之下":植物名,中文叫虎耳草。

"雪肌":积雪的表面;或作雪白的肌肤、美人的肌肤。

"雪见灯笼":一种三条腿的石刻灯笼,像个小亭子,在日本花园常见。

"雪女""雪娘":白衣女妖,多出现于日本版本的《聊斋》故事中。

"雪姬"：白雪公主。

"雪催"：天阴得要下雪的样子。

这次去东京，抵达时已夜里十一点多，吃完夜宵，天下起了细雪，渐渐变大如棉花，日本人称之为"牡丹雪"，但是下了不久便停了。

第二天一早看报纸，标题写着"薄化妆"，日本人称初雪为"雪化妆"，走近窗口望下，大地一片薄雪，实在像美女的薄化妆。

雪中花

冬天在北海道有很多树，叶子已剥落，只剩下鲜红色的花，尤其是上面被白雪盖住，更显娇艳。它是名副其实的雪中花，又令我怀念朱家欣、朱家鼎兄弟的令尊朱旭华先生，他在抗战中用了"朱血花"为笔名，写反日文章。

仔细观察，原来这些花并不是花，而是由一团团的红色种子组成的，远看似一朵朵，近观是个别的一小粒一小粒。

这种树应该是由欧洲传到北海道的，它有一个普通英文名，叫Rowan（罗文），属玫瑰种，学名为Sorbus aucuparia（欧洲花楸）。

希腊神话中早已记载，叫"生命之树"，宙斯有个叫哈比的女儿，哈比有化老为年轻的力量，也保护着天杯。但是天杯被魔鬼抢去，天神们派了一只老鹰去夺回，激烈的战争中，老鹰掉了一片羽毛，在地下就长出Rowan树来，滴下血，就变成了那些鲜红的种子。

在北欧，Rowan的神话有更多版本，日本人称它为"七灶"（Nanakamado），中国名为"七度灶"。

日本的传说中认为它的木头很坚硬，在火中燃烧七次也烧不坏，但实际并非如此，此木一烧成灰。在外国还有个名字叫"山灰"（Mountain Ash）较为贴切。

"七度灶"的叶是羽状复叶，披针形。初夏，枝头长出五瓣的白色小花，这才是真正的花。扮成花状的果实初是绿色，入冬之后变红，在严寒之中，最为鲜艳。

别以为我博学，资料完全由网上搜出，你我都会，关键是肯不肯问。总得有点儿根据才找得出，我去了北海道数十次，见到了就问，终于有个老头说出Nanakamado这个读音，才追索到的。

也谈猫食

猫的佳酿

在日本山形县旅行时,走进一间巨型的土产店,叫"车轮"。

什么东西都有,最引起我兴趣的是一把幼细的树枝,平假名读音为Matatabi,是猫的"佳酿"。

回家查字典,原来汉字名为"木天蓼",是一种长在深山的植物,叶头尖身圆,枝前的叶子由绿转白,也会变红。夏天,叶边长出白色五瓣的小花。结果呈椭圆形,像颗橄榄,因有细虫寄生,外表凹凸不平,猫最喜欢吃,吃了像喝醉酒。人也吃,把果生吞,有强精作用云云。

我买了当然不是自己吃,拿来引诱猫,灵不灵验,这次返港试试就知道。弟弟养了三十只猫,本来有三十只试验品,但为了女儿在家育婴,全部请爱护动物协会抓走,结果那女儿改变主意,说不回老家生,这可真冤枉了那三十只猫。

弟弟在懊恼时,有三只跑了回家,原来它们躲了起来,成为漏网之"猫"。弟弟一看好不高兴,紧紧地拥抱,猫儿从此改名为"三勇士"。

见了猫,我从和尚袋拿出那把木天蓼,五枝一束,对着猫挥动。

"那是什么?"弟妇问。

"Matatabi。"我说。

她当然知道是什么,对我说:"猫喜欢的是它的果实,树枝行吗?"

"所以要试试看啰。"说完把树枝推近大勇士的鼻子。

起初它没什么反应,我当然坚持要它闻,嗅久了,大勇士喵的一声,好像笑了出来。

我再把树枝在猫的头上打圈圈,大勇士的头也跟着转。我好开心,好像成了猫的魔术师,接着依样画葫芦,把中勇士和小勇士也降伏了。结果我走到哪里,三只猫就跟着走到哪里,排着队,好不整齐。

"过年了,也要替猫儿庆祝一下,明天去菜市场,做个猫餐。"我说。

大家赞成,向猫儿说:"恭喜新年。"

木天蓼

关于"木天蓼",《日汉字典》中有此说:猕猴科蔓生落叶灌木。叶宽卵形,雄株在开花期间叶的上半部分或全部变成白色。初夏开与梅花相似的下垂白色五瓣花。椭圆形的黄色果子可食用。长于山地,猫科动物喜食,食后辄成醉态。

查《本草纲目》,则云:"时珍曰,其树高而味辛如蓼,故名。……枝叶[气味]辛,温,有小毒。[主治]症结积聚,风劳虚冷,细切酿酒饮。"并有天蓼酒的附方。至于其果实,苦,辛,微热,无毒,主治女子虚劳。

关于树态的形容大致上与《日汉字典》相同,但没提到猫儿喜欢,只说"野兽食之"。

木天蓼的果实,要是拿来喂猫,的确能让猫醉,但是猫中也有孤僻者,不爱那种味道,一闻到就跑开。

多年前,拍《卫斯理之老猫》一片,养猫多只。要求猫儿演戏,颇辛苦。数日劳动下来,也让猫吃吃木天蓼子,犒劳一番。

猫的面相有多种,头小而尖者讨人厌。最漂亮的是头不大又不小,神态高傲的,但说到耐看的,还是大头猫。

大头猫并非灵敏,有时还假作糊涂呢。它不会一直保持戒备状态,平易近人,猫头一大,眼睛当然跟着大,愈看愈美。

一醉了,那眼皮就先合上一半,两颗大眼球变成两个半圆形。"咪喵"一声,讨酒喝,喝醉了脚步浮夸,猫儿聪明地靠着墙,那才不会跌倒,伸伸懒腰,继续歪歪斜斜地前行。

看得爱死,又着猫儿胳肢窝提起,直瞪着它,它也张眼看看你,像在问:"我还没醉,看些什么?"

好啊,不喜欢人理,就把它放下走开,但猫儿反而跟来,用头摩擦你的脚,这时再也忍不住抱起,让它的头依偎在自己肩上,轻轻扫它的背,不一会儿,已听到猫儿的打呼声。

猫儿年夜饭

在日本旅行时买的一本猫书,叫《手作猫饭》,由兽医古山范子监修,里面有很多给猫做的菜谱。

先翻到为猫做一个生日蛋糕的那一页,材料有:鸡胸肉、生粉、鸡蛋和磨成粉的鸡蛋壳、西洋芥蓝、马铃薯、红萝卜、西芹和鱼刺身。

先将鸡肉去皮剁碎,各种蔬菜煮一煮,捏成蓉,用做西餐的铁环,把鸡蓉掺了生粉、蛋浆和壳粉装入,固定其形。

放进焗炉,焗个十五至二十分钟,取出铁环,已像个蛋糕,马铃薯蓉和红萝卜蓉各揉成小圆球,摆在蛋糕上面,一红一白间隔,蔬菜剁碎,围在蛋糕边上。最后的点缀是把切成薄片的腊鱼一片片叠成花朵,放在中心,大功告成。

另一碟鱼,材料有:池鱼、红萝卜、白萝卜、灯笼椒、醋和橄榄油。

把池鱼头切去，挖掉鳃和内脏，洗净后连骨用刀剁之，红萝卜和灯笼椒过滚水，前者捏成蓉，后者切丁，把灯笼椒混进鱼肉中，拌以橄榄油，装入碟中，红萝卜蓉和白萝卜蓉加醋，放在鱼肉上，又红又白又绿，加上鱼肉的粉红，猫儿见到一定大喜。

单单吃鱼猫会厌倦，应该有点儿肉类，猪牛羊肉之中，猫还是比较爱吃牛肉的，可以参考韩国料理的生牛肉的做法。材料有牛肉、鹌鹑蛋、麻油、水晶梨、芝麻。

把牛肉切成极细的丝，不用煮，把几颗鹌鹑蛋放进去拌，加麻油。人吃的可加蜜糖，猫吃的就免了，但也要把水晶梨切丝当配菜，不然光吃肉消化不良，淋上麻油，撒上芝麻，又是一道美食。

最后，做个汤，用鱼头鱼骨煎一煎，然后放进锅中，猛火滚之，汤才会变白。最后，参考《厨子》那本小说的菜谱，用鱼蓉和红萝卜蓉捏成鱼状，煮后一红一白，为猫儿庆祝新年。

明信片的风雅

返港前几个小时剩余,跑到大阪驿的高岛屋百货公司走走,结果买了很多东西。

其中之一是一个桐木做的小木箱,盒上烙印着商品名PHYS。

打开一看,有五张空白的明信片,一个含有十二种不同颜色的颜料盒,另外有张薄薄的塑料彩色板。最后有两管笔,一支是普通的黑色走珠水笔,另一支笔头为毛笔,笔管可装水,用微力一挤,水就会流出来。

干什么用的?原来是一盒画水彩画的旅行用具,简单轻便。桐木的质地很高贵,摸起来爱不释手,整套东西要卖五千日元,合三百多块港币,值得吗?

我们旅行,看到什么就用照相机拍下来好了,画什么?是的,尽管用傻瓜相机拍好了。拍多了,自己也变成傻瓜。

旅行时,要是看到什么印象深刻的,把它画下来,写几个字,贴张邮票寄给朋友,这又是多么风流优雅的事!

我不会画画！有人这么叫了出来。谁说的？你做小孩子的时候也没画过花啊、屋啊、洋娃娃的吗？就用这种心境去画好了！会用笔写字的人，就会画画；这和会走路的人就会跳舞一样，问题是看你肯不肯学一学罢了。

先用那管水笔勾出线条（它是不会脱色的，不与后来用的水彩混杂），比方说，看到的远山，用水彩笔点了绿色涂上去。前面一池蓝色的水，然后十根露出水面的脚趾，这么一来，已经表现出你在浸温泉了。

俗气地想，现在有很多大机构主办明信片大赛，入围了奖金不菲，五千日元成本可能变成五万或五十万。这种引诱，够原动力让你去尝试一下吧？

第二章 好物：好的与贵的

爷爷的陶器：好东西也是身外之物，要物尽其用

日本朋友告诉我一个陶艺界的故事——

爷爷今年已经七十岁了，他所做的陶器、瓷器全国闻名，每年都要来东京的百货公司开展览会，他在我们家住一晚，隔天就回乡下去。

我们家的小孩很喜欢这位爷爷，因为爷爷常把一些素描作品给小孩看，惹小孩们的欢心。

一次，我们全家到爷爷的工作室去做客，见他全神贯注地在陶器上绘画，表情投入，顽固又严肃，吓了孩子们一跳。"从前这些陶器，都是粗品，现在卖得那么贵，我做了却觉得没意思了！"爷爷很喜欢喝日本清酒，醉后，总发几句牢骚。

家里又收到爷爷寄来的包裹，打开纸箱一看，却是些碗碟和茶具，爷爷说："卖剩的，你们用好啦！"

那么有名的人做的东西，我当然收了起来，向爷爷说："不能让小孩们用，打烂了多可惜！"

爷爷听后大喝一声："你说些什么鬼话，有形状的东西总会坏的，从小开始不用好的东西，长大之后眼光就不够！"

从此，我们家里用于吃饭、喝茶的东西每个都是八千日元以上。

小孩子们也记得爷爷的教训："那是些身外物！"

小千谷缩：好物让人上瘾

天下最完美的布

入住伊豆的修善寺温泉旅馆Asaba，完全不是因为它的风吕或食物。到了夏天，这家人铺在榻榻米上的布围、枕头套和被单，用的是日本最好的"小千谷缩"麻布。

"小千谷缩"（Ojiya-Chijimi）能够称得上是天下最完美的麻布，你只要摸过一次，就上瘾。

它的感觉是硬中带柔。不像丝，穿着不会因汗水而贴身，质地有吸热又即刻散发的功能。通风清爽是麻的特征。

因为容易产生皱纹，小千谷这地方织的，干脆将麻缩起。方法是把麻丝捻后又捻，令它凹凹凸凸缩着，织成布后再用人手搓揉，纤细的皱纹令其接触人体的部分减少。三宅一生的缩纹时装，早在千多年前，已被人想到了。

一般叫"麻"的统称植物纤维，有二十多种类，分布在亚洲的是大麻和苎麻，欧洲用的是亚麻。

追溯麻的历史，古人学会用植物织衣，在新石器时代，亚麻于埃及已在公元前一万多年前的遗迹中发现，中国的坟墓挖掘出来的，也有三千多年前的麻织布料。

二十世纪四五十年代的上海，风流人物穿麻质西装，同样的一买就是两套，上午穿一件，吃午饭时溜回家换另一件，保持西装的笔挺。

起皱的麻，其实也不错。自己穿得舒服就是，管人家说什么？

如果介意，买缩麻料好了。当今质地最好的缩麻，在中国不知去哪里找，意大利的已经加了人造丝，买真真实实的麻衣服或被单，小千谷还是首选。

人工贵，成品当然不便宜，一件夕方凉衣要两千多港币。衬衫裤子一套，四千港币左右。可向小千谷织物同业协同组合邮购。

小千谷织物工房

到了新潟，非去向往已久的小千谷不可。小千谷的独特麻织品被称为"缩"，是农妇们在寒冷的冬天编织的布料。将苎麻一丝丝揉捏，织成布后染成，铺在雪面上，让它收缩起来，薄如蝉翼，穿了不贴皮肤，又不必烫直，永远保持原状。这种织法已有一千多年的历史，被日本政府指定为"重要无形文化财产"。

市内有家"小千谷织物工房"，陈列着古代织布机，让前来参观的人士亲自动手体验，甚有趣。

馆中收集了全世界用麻来纺织的产品，如果要买小千谷缩，则到二楼去。

在小卖部里，你可以定做一套夏天的和服，选自己喜欢的颜色和花纹，工作人员为你度身，两个月之后寄到你家里去。因为很薄又半透明，穿男装的小千谷缩和服的时候，里面要加件三个骨的底裤，日本人称这种裤子为"舍子"（Suteteko）。

每块布料都是人手做的，价格当然不菲，但是在原地购买和定做衣服，比起在东京或大阪的百货店便宜三分之一。

除了传统和服，小千谷的服装设计师也做了一条叫Free Form（自由形式）的时装线，有男女的T恤衫和外套，只卖大、中、小三个码，天气热起来时穿小千谷缩衬衫，是无上的享受。

在夏天，我住过一间温泉旅馆，晚上盖的被单是纯白色的小千谷缩，舒服无比。想在店里买，拿出来的都没有我要的尺寸，太小的被单我这种高佬盖起来一定露脚。为什么不卖大张的呢？我问女店员。

她的回答我很满意，她说用木头做的织布机，织出的东西最大也就是那么大了。

日本锻刀所：完美厨刀，终身使用，不贵不贵

日本制钢所是北海道最重要的工业，上市的股票排在前位。看炼钢，我兴趣不大，但是日本制钢所为了名誉，还附带开了瑞泉锻刀所，从来没有对外开放过，参观锻刀所是此行的目的。

锻刀所在一九一八年成立，为了保存日本刀的制作工艺。第二次世界大战后，锻刀被禁止，这门艺术要是不好好保留，就会慢慢失传。

当今，日本刀当为美术品鉴赏，我们看的是第六代传人堀井胤匡的技巧，日本刀由低碳素素材和高碳素素材两种钢皮制成，取前者的硬度和后者的锋利。二铁包了又包，打了又打，最后磨砺完成。参观完制作过程后，我问该公司的经理："买一把，要多少钱？""一百万日元左右。"他说。以当时汇率换算，是八万五千港币，我心中有数。

我组织的旅行团中有位小朋友，父母都是知识分子和美食家，教他看书和享受美食美酒。一连十年了，我们每个农历新年

都一起度过,看小朋友的成长,感到无限的欣慰。

"长大了要做什么?"我从小问他。

"当厨师。"小朋友回答。

多年来都是同一个问题,也是同一个答案。

当今他学业已成,不过还是想学烧菜,他父母拗不过他,让他到伦敦的蓝带学院学习。他向我提出:"我想买把日本的好刀。"

我替他查问又查问,日本厨刀,用来用去只是三把:切菜的、劏鱼的和片肉的。制造日本厨刀的名人可不少,各自精彩,但提到西洋厨刀,他们都不屑一顾。

当今已找到了门路,只要问小朋友刀的尺寸和厚度,就可以请那位国宝级的大师锻一把,终身使用,不贵不贵。

打火机：我对美物要求很高

带来的打火机，是用完即弃的那种，我已经不买贵的，很重，又常遗失，专购不超出十块钱港币的货色。

每一个都用几下子就不见了。这次没空买新的，这一个我居然把汽油烧得一滴也不剩，有很强烈的满足感，可见我这个人很容易满足。

行过公路边的服务场所，想买一个新的，但是看到的都很丑，宁愿用火柴。

对打火机的外形，我要求很高，用完的那个是在法国买的BIG公司的迷你型。黑色底，用白字写上爱因斯坦的数学方程式，漂亮得不得了，每次点烟都欣赏一轮，感到满足，丑的绝对不用，所以说我容易满足，却又不是那么一回事儿，非常之矛盾。

在日本要买最新型的贱价打火机，唯有到火车站的商店才能找到，车站中总有几档，卖的东西从报纸到葬礼用的黑领带，那么小的地方有那么多货，真是令人叹为观止。

小档口的顶上写着英文Kiosk。为什么用这个外语词，我真的想不通。日本人从来发不出这个音来。

所有的外来语最后一个音，遇到K字就加上个U，变成了Ku，遇到了M，就变成Mu，遇到了D，加一个O，变成了Do，遇到了T，也加一个O，变成了To，所以James Bond（詹姆斯·邦德），在电视上看到配音版，对手们都叫这个铁金刚为Jimusu Bondo。

Kiosk，日本人惯性称为"小壳场"（Kouriba），在里面买了一个十块港币的打火机，一翻开盖子，点火，火着了，可以放手，火照样燃着，过几秒，自动熄灭，再闭上盖子，"咔嚓"一声，非常悦耳。

见外景队的导演明仔的打火机汽油也用完，就多买一个送他。

明仔咔嚓咔嚓玩了几下，乐得很，大叫："蔡先生送了一个登喜路给我！"

鸠居堂：历史悠久的文具店

银座街头那家圆形建筑物后面，有家历史悠久的文具店，叫鸠居堂。要是你找不到，闻也闻得到，因为它发出了一阵阵浓郁的香味，将你引进去。

鸠居堂卖所有与书法有关的东西，包括在书房中焚的香，香味就由此发出。现在店里连供佛像的神龛也出卖，一小间神龛十几万港币。

纸也是此店的特色，数千种质地和颜色任选，单是稿纸就有几十种花样，还有特别印来写经用的纸。日本人喜欢研究折叠纸艺，要做千纸鹤，光顾此店最合适。

鸠居堂制造的毛笔也闻名于世，冯老师生前有三支大山马笔，说比我们的年龄还要老。五十年前买，也要好几百大洋。

山马笔更是岭南画派爱用的，看画画的人用山马笔，就知道是某名家的学生。

它一共有三层。顶楼设书法展览，日本名家的书法古怪得很，我看不懂。二楼卖中国的文房四宝，售价惊人，但爱好书法的日本人争先恐后地抢购。他们一生中能得到一个端砚才死得瞑目。一小方青田印石，在香港最多三百元者，一拿到鸠居堂，就变成一千五百元。

泷口木雕：匠人精神

在阿寒湖鹤雅旅馆的大堂中，摆着一尊木雕，是一个少女坐在马的后臀上，人和马都朝天看，线条简单纯朴，刻工不规则之中又带调和，一看就知道非池中之物。

旅馆的各个角落还有其他作品。个性很强，即能认出，木雕下面刻有作者名字：泷口政满。深深记住。

旅馆旁边有个村子，专卖些纪念品，翌日我一早去散步，发现其中有间店是泷口先生开的，即刻走进去。

看见一位清瘦、束着长发的长者，带着一条土狗。和他讲话时，老人不瞅不睬。

店中有泷口在东京开展览会的单张，看履历表，原来与我同年出生，三岁时因肺炎发高烧，失去听力。

才知道刚才他并非傲慢，即刻掏出纸笔，问有没有作品集出售。

长者微笑摇头，哈哈啊啊地作"本人寒微，没资格出书"手语，原来听觉障碍，也影响到说话。

店内作品数十件，泷口先生喜欢的主题是风与少女，人物造型脸略圆胖，一头长发飘扬，每一尊木刻都是根据木头的原形雕出，更流露天然之美。另外就是猫头鹰了，当地民族奉之为神，塑造成各种形态的佛像供奉。

泷口出生于中国东北，四岁时返乡，念口语学校，二十二岁那一年一个人去北海道旅行，大概是那个时候看到当地人的木刻，深深爱上，就住了下来，一直生活至今。

我很佩服这种一生奉献给艺术工作的人，需宗教般的热情和很大的忍耐力。长年下来，他对木头的条纹和质地摸索清楚，加工为作品。他住在阿寒湖畔，是因为可以找到大量由湖中漂来的浮木吧。这一刻，有把我的一生和泷口先生交换的冲动，但到底是缺乏了那股勇气，低头叹息。

茶香炉：焙一炉茶香袅袅

香精炉出炉时，曾经买了一个，下面点小蜡烛圆团，上面一个半碗半碟的东西，放进水，再滴上几滴香油精，水蒸发，产生香味，是很多年前流行的玩意儿。

后来又变成一种大香水瓶式的制品，在头上点着火，就能一直烧下去。起初说是法国人发明的，有多好多好，阿猫阿狗都问你要不要买。原来是层压式的推销。

这两种商品发出来的味道都有点儿不自然，虽然它们自称燃烧的是花朵提炼出来的油。谁有那么多工夫去做真正的花香油呢？就算买很贵的，大部分还是掺了许多化学物质在里面。我在印度旅行时去买他们的茉莉或沉香油，只有它们又便宜又纯正。

近来，有新加坡的医生研究出来，香熏对人体有害。任何东西吸得多，都有害吧，好在不是放在汽车里的那种香精。

这次去札幌，到市内最好的鱼生店高桥，闻到一股很浓的茶味，刚沏出来的也不可能那么浓烈，难道是发明了茶的香精？

老板娘是从前的名艺伎，品位甚高，不像是一个点香精的人。

"怎来的那阵茶香?"我问。

"茶香炉(Chakoro)。"她回答。

原理和香精炉一样,但上面的碟子装的不是水,而是茶叶,下面照样点蜡烛,即能发出茶叶铺煎茶时的香味。

"哪里买的?"

"日本各大都市的Tokyu Hands(东急手创馆)都有。"

第二天即刻去买了一个。陶制,很古朴,碟子特别大,可以放很多茶叶,熏过之后还可以用来沏,像刚焙过的。

日本人熏的多数是番茶或法事茶,都不够香。回家我会放安溪的铁观音或武夷的大红袍,日本人闻了一定甘拜下风。

风铃：夏日风铃最闲情

天气冷的时候，就想起夏天。

代表夏日的是风铃。

风铃由中国人发明，日本人较中国人更喜欢这个闲情的玩意儿，就算狭窄的居所，也要在屋檐下挂上一个。

辞书上，风铃出自风铎。铎者，大铃之意。风铎多数是挂在寺庙外。一休和尚在他写的《狂云集》里有首以风铃为题的诗，描述老和尚在午睡，给风铃吵醒。

十八世纪的文物中也记载过小贩们在货担上缚着风铃叫卖面食，称为"风铃面"，可见风铃是平民的玩物，并非一般士大夫专有。

印象极深的是黑泽明利用风铃表现人物心中的杂乱。在《红胡子》里，镜头推到一摊风铃档，几百个风铃一起响声大作，震撼力极强。

风铃的形态很多，最普通的是个铜钟，里面的铁挂着一片长方形纸条，纸条上用毛笔写上诗句，我喜爱的一首是："她，是不是一个住在风铃里的女人？"

不倒翁：愿望，要靠自己的努力去实现

在群马县去了一家工厂，叫"大门屋"，专做达摩造型的不倒翁，全日本的达摩公仔，有九成由这家厂生产，戴安娜王妃和布什总统都去参观过，是种文化体验。

达摩不倒翁全身红色，用鹤的图案画眉，龟的图案画胡子，两颗眼处，留着空白。除了当玩具，还有一个功能，用来许愿。

买后，通常在公仔的左眼点上眼珠，这一年内，所许愿望实现的话，就在右眼处画眼珠，表示完成。

"愿望达成后，不倒翁是不是还摆在家里？"我问。

"不，拿到庙里去烧。"这家公司的老板中田纯一回答。

公仔拿在手上，颇甸重，原来是用纸浆塑成，浸在漆中染得全身通红，脸部涂上白色，再画眉毛和胡子。

中田解释："群马早年是穷乡僻壤，人民到了冬天无法耕作，有个仙人指路，说做达摩不倒翁吧！结果不倒翁成为群马县的名产。"

脸部表情，不假手下，全由老板亲自动笔，他在脸旁题字，写着"蔡澜旅游生意兴隆"几个大字送给我，笔法相当苍劲。

这时他拿出纪念册要我题字，只好乱写了。想起数十年前在日本，到好友川边元的家，他父亲说中国人写字一定好，要我写。当时一身冷汗，连忙摇头。

"整张插页的构图像一幅画，好字好字。"中田称赞。

"惭愧，惭愧！"我说。好在回到香港后，在四十岁那年开始跟随冯康侯老师练字，不然现在就出丑了。人生之中，会写几个字，好处说不尽。

饭后到燃烧达摩公仔的少林庙。原来整座山叫少林，和中国的少林寺没有关系。园庙前摆满不倒翁，集中到除夕那晚才一起烧掉。我家也有一个不倒翁，右眼还是空白的，那是许了戒烟的愿，没有完成。至今，也有十几年矣。愿望，始终要靠自己的努力去实现。

风筝：自由奔放，不枉此生

在日本桥的三越百货公司老店后面，有间风筝博物馆，由几个爱好风筝的人建立。

里面并不大，却陈列了各种形态极复杂的风筝，还有东南亚一带的也收集齐全。

最喜欢的是以手染花布做的风筝，简单古朴，令人爱不释手。

馆址中还有一家很独特的餐厅叫"太明轩"。客人不必点菜，侍者送上来的只有一种：黑色的漆盘上，放了十多个颜色缤纷的小碟子，盛着日西合并的食物如牛排、蔬菜、豆类、海鲜，等等，各种东西只有一口的分量，最后奉上一碗小小的汤面。

据说创此食谱的店主在外国长居过，对单单那么几道菜的西洋饮食不敢领教，又不喜只吃日本东西，所以叫家里的厨子组成这个配合，客人吃得叫好，来不及招待，所以干脆开家餐厅。

来这里吃的人斯斯文文，学生也不少，多数是学艺术的。主人一有空便坐下来和众人大谈风筝。

酒醉饭饱,走出去时看见陈列室外有个小摊子在卖空白的风筝,让客人自填上字。兴致一起,提起毛笔,写上:虽然不知身落何处,但断线一刹那,自由奔放,不枉此生。

陶砂锅：工作之余，暂时做个天生购物狂

每次带大家到日本，工作之余，总要奖赏自己一番，暂时做个天生购物狂。

要求也不是很高，到各大城市的Tokyu Hands（东急手创店）去，看有什么新奇的煮菜用具，或者去Itoya（伊东屋）买点纸笔，满足矣。

买得最高兴的是一双旅行筷子，分四段放在一个锦质的小布包中。筷子一头一尾旋转后就能连接起来，手工极精巧的关系，螺丝的节缝几乎看不到。

带着这双筷子到处走，在法国的酒店中吃奄列（炒蛋），从和尚袋里拿出小包装的酱油，再把筷子接上，夹着蛋来吃。漂亮的女侍者大概是波兰移民，好奇地前来问长问短。

天气一冷就想起火锅，日本云井窑的砂锅最高级。一百五十年来一代传一代，今日的主人叫中川一边陶，好一个名字！他做的砂锅色泽美，又很耐热。

天气一热就想起麻质的衣服，用小千谷缩的麻织成的和服薄如蝉翼，又不刿肌肤，是送给自己的最佳礼物之一。这种麻布是编织后铺在积雪的大地上，让麻质缩起来，比三宅一生早发明几百年。

上次买了茶香炉，这回朋友们也找到。试用一下，把茶叶放在炉上的小碟之中，下面点蜡烛，果然全屋茶香，久久不散，焙过的叶子沏茶，一物两用。

最贴身的还是那张羽毛被了，薄薄的一张单人用者，在冬天竟能盖得出汗。

羽毛分羽和绒。前者是一管弯曲的毛，采自家禽的翼和尾，只适合用来当枕头；后者是一团团的毛，采自野生水鸟的颈和胸。

当今已不能捕杀鸟类，只有靠专人到鸟巢中拾取，一张被要翻开多少个巢，不敢想象。

Kotatsu：漏夜读书，寒冬恩物

这次我们住的日本旅馆，除客厅、卧室和偏厅之外，还有一个小房，中间摆着一张矮桌，桌面之下盖着棉被，棉被底下弄个发热器，这就是日本人所谓的Kotatsu[①]。

最原始的是生一个火钵，但一不小心便烫伤脚，近代已被淘汰。目前还在地面中挖一个洞，让人把双脚伸进去，旧时在榻榻米上生活惯了，盘着脚也不会麻痹，没有洞。

用Kotatsu的时候，屋内就不生火水炉（煤油炉）了，那么脚暖罢了，上身怎么办？老人家通常会披上一件很厚的棉被式的上衣，双手捧着一杯热茶，瞪着眼看电视。

当留学生的时代，一群人被招待到日本人家中吃饭，大家都把腿伸进Kotatsu里面，有个柬埔寨来的同学，袜子长年不洗，又穿不透气的塑胶运动鞋，那阵臭味差点把我熏得昏倒。想起小

[①] 暖桌，也叫被炉。

时乘校车，当年当然没有冷气，一下雨关起窗，不知谁脱了运动鞋，我一直想呕吐，从此憎恨这种运动鞋，一生从来不穿。

在寒冷的冬天，Kotatsu实在是一种恩物。漏夜读书，全靠着它才不会被冻死。当年住的是木造的房子，墙薄如纸，每次都在想："今年的冬天，过不过得了？"

脚伸入，太久了，也有过热的现象，感觉脚的上部生了一颗颗水泡，这时就要把脚拔出来，让冷风凉一凉，一感到冷，再伸进去，重复又重复，天就亮了。

花那么小的热量，得到那么大的效果，也只有Kotatsu这种御寒的工具。日本经济泡沫一爆就是十年，人民咬紧牙根过活，可省就省，当今的电费又愈提愈高，重新流行起用Kotatsu，也不出奇。

问题在于日本人已渐渐不在榻榻米上生活，不会用它。想起日本女人的腿因不坐地面而细了，不会用Kotatsu，也是好事。

火柴：最好的朋友，要送一盒火柴

所谓物轻人情重，有什么礼物好过火柴？

"火柴又有什么稀奇？"朋友问。

我小时候用的火柴都是笨重重一大盒的，现在到任何香烟铺或家庭用品部找，只有打火机，别说古老包装的火柴。

别小看这盒火柴，它是老远地由瑞典运来的。招牌上画着三只脚，或者一只燕子，几个得奖的金牌图案。当年认为老土，现在看起来简直是艺术品。

尽管出现了各色各样的打火机，厨房中还是火柴实用。尤其是点雪茄，更非长条火柴莫属，火柴是不会被淘汰的。

火柴盒作长方形，侧边涂着两片褐色磷体，当今的火柴逐渐改进，磷体成为一点一点的组合，看起来不十分可靠。

体积也缩小了，只有旧火柴盒的三分之二。这下子可真麻烦，我买的古董烟灰盅常有古铜火柴夹子，用当今的火柴，绝对插不紧。

气起来，用张厚纸垫着，勉强将当今的火柴盒塞了进去，但是美感尽失，欣赏什么古董？不如用打火机。

追寻那古老的火柴，变成一件重要的任务，我到泰国、土耳其、原南斯拉夫等地方，首要寻找火柴。

火柴嘛，我们有。拿出来的都是新包装，对方还以为自己的国家进步很大呢。

失望又失望，想不到这次去北海道，在便利店中找到心目中的火柴。两盒包在一起，卖一百日元，六块六港币。盒上也画着一只燕子，是日本人当年专门模仿外国货的遗迹。大喜。

有时候帮了人家一个忙，对方一定要送些礼物，只见过一两次面的，问我要什么，我会说要一包日本米；熟一点儿的，要一根萝卜；最好的朋友，要一盒火柴。情重嘛。

和平烟：我享受的是自由

香烟

抽香烟，已变成一种罪恶。

一切抽烟的行为都要被赶尽杀绝，天下政府将定重罪来惩罚吸烟者，但是没有一个国家全面禁止。拿破仑早已说过："这种罪恶带来十亿法郎的税收，你能找一种功德代替它，我即刻禁烟。"

电视上再也看不到香烟的广告，但许多大型的活动还是由烟商赞助，万宝路化身为衣服来告诉人家它的存在。要让香烟完全销声匿迹，我想永远做不到。

好莱坞自律，虽没明文规定，但也再不让男女主角抽烟了，只有反派才能吞云吐雾。再见了，亨弗莱·鲍嘉。永别了，詹姆斯·迪恩。

香烟的优雅和高贵的印象，被雪茄代替，美国人最崇拜的领袖约翰·肯尼迪是抽雪茄的。当今的巨星如罗伯特·德尼罗、阿诺德·施瓦辛格照抽不误。雪茄也变成妇权运动的武器，禁烟也是她们搞出来的，抽雪茄也由她们卷起旋风。麦当娜在大卫·莱特曼的深夜节目中大抽雪茄，男男女女没有人攻击她。

我们这群老不死的写作人还是不肯放弃香烟，它的确能带来宁静和灵感。谈香烟和大众对立太过枯燥，还是提一提美女Michelle Pheiffer（米歇尔·菲佛）的名言吧："我绝对不反对吸烟，因为坐下来吃饭时，一桌人的言论最有趣的，还是那个吸烟的家伙。"

作家马克·吐温曾经说过，戒烟是世界上最容易做到的事，因为他已经戒过上千次了。

名女人Florence King（弗洛伦斯·金）老了之后说："对于性，现在我唯一怀念的是事后那根烟。"

我们这代人最顽固，你愈禁我们愈想抽，虽然二手烟害不害人还没证实，但没得对方同意我们不会抽。我们享受的是自主权，不管那是对我们好的，还是坏的。

和平烟

在日本抽外国烟很贵，大家吸廉价的国产品，由政府独营专卖，所以香烟很少打广告。每出一种新牌子，才宣传一番。

早期的烟，都没有透明胶纸包装。抽惯一种叫"憩"的，每包只卖当时的四十日元。这种烟较浓，很受劳动阶级和学生的欢迎。电影中常看到老艺伎抽的是"朝日"牌，它比法国佬的烟味道更厉害，烟尾有个小长纸筒，吸时把纸上下按扁一节，又左右按扁另一节，变成滤嘴。"希望"是第一个有玻璃纸包装的，算是贵族烟了。便宜的"黄金蝙蝠"，它至今还是时髦人的玩意儿，但除非去专卖公社，不然很难买到。

老一辈的烟枪还是保留抽"和平"牌的传统，深蓝色盒上，浮印着一只金和白的鸽子，单调中极有气派，是美国名设计家雷蒙德·罗维的杰作。这个设计，将永远留名在香烟包装历史上。它在日本战败后即生产，象征今后永远的和平。此地买不到"和平"牌，是不是它拒绝变成经济战争的一分子？

眼镜：每天要用的东西，当然要好的

眼镜布

去年，有个日本朋友送我一块布，手帕般大，说用来擦眼镜一定有效，是个新发明云云。我收下后忘记试，放在抽屉中。

今天拿出来一擦，果然眼镜明亮得多。好奇得很，玩了老半天。起初，以为它是沾着特殊的化学物品，摩擦镜面光亮，但看说明书，说用肮脏了可以水洗，所以应该不含除渍剂也。

原来此布是经过五年之研究才生产的，它用极细纤维制成，所有的油渍或秽物，一拭之后，污垢堕入细纤维洞中，实在神奇得很。

在日本，发明公司由几年前起，每个月可以卖三万块这种布，至今已出售了四十多万块。

通常在电车车站的小卖部可以买到，最初一块卖六百日元，合港币三十六元，现在大量生产，已减至五百日元，三十港币。

香港的眼镜店尚未有售，买了一些送朋友，试过的人也说好。

日本的几家纤维公司月前抢着制造，已有各种颜色及不同的花纹，最近还要推出有香味的。会不会生产过剩呢？他们的理论是：日本人，两个人之间就有一个戴眼镜的，不怕没有生意做。

配眼镜

新鲜的产品，果然与众不同！

在札幌有半天的自由活动时间，大家钻进电器和服装店，我则在镜铺流连。

"配眼镜香港便宜。"团友说，"日本人都来香港买，你跑来日本干什么？"

原因是看中了一副最新的架子，只有零点五克，比一个乒乓球还轻。

这种新合金技术产品在香港也能找到，不过穿在两块玻璃中间的鼻架，把合金金属卷成了一个圈镶入，样子不讨人喜欢。新型是夹上去的，至今还没在香港看过。

"日本做的吗？"朋友问。

"是瑞士产。"店员回答。

瑞士货应该在日本更贵，不过现在他们的税已减少，店租也便宜，售价和香港所差无几。主要的镜片是日本产。本来Hoya（豪雅）的已经很高级，比Hoya更好的是Nikon（尼康），但是最厉害的还是Canon（佳能）镜片，可以说是天下最薄、最硬、最清晰的了，日本货该在日本买。

价钱当然是贵的，但是想起这是每天要用的东西，要节省也是省别的。像我们睡觉的那张床，也要好一点儿的吧？

这根本是崇日心理，有些人可能这么想。但日本这地方一分钱一分货。长久使用的东西，在日本买，并不只是崇日那么简单。跟着流行去买他们的判官鞋或者Hello Kitty（凯蒂猫），用了一阵子就卖掉，那才是浪费和崇日。

"要十天才能配好。"店员说。

日本人做生意不如我们快。

"赶一赶。"我说。

店员拼命鞠躬道歉，说什么也不肯。

"先做好，叫人来拿。"我说。

他们又打躬作揖地说："配上时要为你校好角度，才能做得完美，要本人来才行。"

最后只有作罢，还是回香港买，但是那么贵的东西糊里糊涂地为你配上，真是有点儿不值。

短刀：每个男人都有一个英雄梦

短刀深深地吸引着我，那发亮的冷锋，鹿角的手柄发出热量；两者取得完美的平衡。

我对短刀的迷恋，也许是天生的，胎儿时，我已攥紧着拳头，掌内是空的，似乎是想握着一把短刀。

通常一把一边钝一边利的，才能称为短刀（Knife）。这是防御性的工具，在原始世界的树林中也可靠它维生。两边都利的，则称为短剑或匕首（Dagger），那是攻击性的玩意儿。Dagger这个单词，代表了刺杀、阴谋，我并不喜欢。

这么一个和平的人，怎会爱上短刀呢？我是不是心理变态？我经常那么想。直到有一次和金庸先生去欧洲旅行，途经意大利米兰，女士们都去名店街买时装，我们两人在角落那家卖刀的专门店歇脚，他大买特买，自称是短刀迷。那时候我才知道我是正常的。

从石器时代开始，人类就学会制造短刀，用石头凿成的遗迹，当今在博物馆中可以看到。著名的美国考古学家

Errett Callahan（埃里特·卡拉汉）也是位短刀爱好者，他常找石头制造仿古的石刀，很受爱斯基摩族人的尊敬。

另有一位石刀专家当今在佛罗里达的迪士尼乐园任职，闲时制造石头短刀，又用牛骨做成刀鞘，精美到极点，有时也用长毛象的化石制刀，极有收藏价值。

美国的短刀业最为发达，可能是西部开拓时期遗下的精神，很多折叠性的短刀，除了刀锋，还可以拉出几把钩子，用来清除塞在马蹄中的杂物。

所有制造枪械的工厂都出短刀，Remington（雷明顿）厂的款式最多。Winchester（温彻斯特）的线条优美。前者生产的Barlow Knife（巴洛刀）被誉为儿童的第一把刀，但大人也会喜欢。COLT（柯尔特）和Smith&Wesson（史密斯威森）也有许多产品。

大量生产的短刀始终不被当成艺术品看待，但这一行也有大师级人物，作品皆有个性，一看就知道出于谁之手艺。被称为摩登美国短刀工匠之父的是William Scagel（即Bill Scagel，比尔·斯凯戈尔），影响的后代众多。

John Russell（约翰·拉塞尔）做的短刀，刻着一个R字，中间穿了一支箭，很容易认出。内行人称他为爹——Daddy。

名刀也不一定出自工匠，大英雄用的刀，也能万古流芳。像侠客Jim Bowie（吉姆·博伊）专叫人为他做的短刀，很长很大。上面三分之一是钝的，其他部分磨利，而且尖锋翘起，令敌人不寒而栗。从此，这类型的刀，都叫Bowie Knife（博伊刀）。

当然，巨大带锯齿的Rambo Knife兰博刀也出了名，但始终是虚构人物，兰博刀并不受爱好者尊重。

生产最多短刀的厂叫Bulk（巴克），美国人一提到短刀，都叫成Bulk Knife（巴克刀）。刀虽出名，但全无艺术价值可言，连传奇人物也拉不上关系。

小时有一把德国刀，柄上刻着人类创造的各种工具，非常喜欢。当年所有的货物，凡是德国的都是好的，日本的代表坏的。这把德国刀保留至今，爸爸送我的这把刀，后来才知道出自名厂Wingen（威根），他们生产的Othello（欧德罗），当成餐刀一流。

Victorinox（维氏）的十字架牌子刀，没有什么人叫得出厂名，都以瑞士刀称之。一把刀中可以藏有数十种工具：剪、钻、尺、放大镜，等等，数之不清，最近还加了镭射瞄准器。成长中的男孩都想要有一把。曾经有个笑话，一名妓女不要肉金专收瑞士刀，因为老了之后可换取大把男孩云云。

至于法国乡下每人都有的是一把折叠的Opinel（欧皮耐尔）刀，刃上刻有一个皇冠和一只手的标志。木头柄，刃与柄之间有个铁环，旋转之后，可以防止不小心刀锋折叠，伤到手，法国人一吃长面包，都用它来劏开。我们用刀，都是向外劈，欧洲人是向内切的。

拉丁美洲人最爱用的是蝴蝶刀，菲律宾人也是，手柄由两支钢铁打成，双手相对打开之后就露出刀锋，但用者喜欢一手抓着一边的柄，舞弄一番才合上，非常花巧。

随着技术的进步，有许多带着花纹的短刀出现，这是把钢线压扁之后磨成的结果。有的更是掺了钢和镍，打成又黑又亮的刀锋，这种做法通称为Damascus（大马士革）。

并不一定要实用，将刀锋和刀柄刻成艺术品的短刀，也有很多收藏者。纽约的珠宝商Barrett-Smythe（巴雷特·史密斯）专做这种货色，我有过一把W-Osborne（沃·奥斯本）打刀锋、R.Skaggs（瑞·斯卡格斯）刻刀柄的Art Deco[①]型的刀，但在搬家中遗失了。

当今在我办公室台上有一把开信封刀，设计得最为简单，是把一支一边利一边钝的钢铁，中间一扭，前后皆可运用，是个得奖的作品，好处在于不能杀人。

最锋利且永不生锈磨损，又非常实用的是手术刀了，但样子奇丑，又不吉祥，不为我好。

男人爱刀、收藏刀的心理，属于永远长不大的孩子。这和女人喜欢洋娃娃一样吧？许多已经成熟的女人，看到她们的照片，床头还是摆满洋娃娃。

男人和女人最大的不同，是前者收藏短刀，只用作观赏，杀伤力不大；而女人却时常把洋娃娃从中撕开，看看它藏着的，是怎样的一颗心。

---

① 一种艺术装饰风格。

枕头：好好睡觉是一种安心

圈子饼

飞机早到，吃晚饭前有时间去心斋桥购物。来之前没有睡好，与枕头有关，愈来愈觉得老的那个很容易把颈项睡硬了，决定来日本买一个更好的回去。

一直听说有为客人度身定制的枕头，走进卖卧室用品的商店，询问之下，女店员摇头，说没有这一回事儿。

正要走出，给她拉住："试试'西川'牌的圈子饼枕头吧！"

被名字吸引，什么叫"圈子饼"枕头？好，反正有时间，试就试。

店员请我躺在床上，枕头部位通电，测量我的头颅和颈骨的方位，经过计算机，显示在荧光屏上。

"要不要高一点？""舒不舒服？"等问题，详细问完，再用计算机计算完毕，打出答案。根据资料，店员去找出三个枕头。睡在其中一个枕头上,的确没有旧枕头那么顶住颈项。

三个枕头的设计一样,但硬度不同,让我挑选最适中的那一个。

这种枕头到底是什么东西做的?羽毛?塑料?发泡胶?店员拿出一粒拇指头般大的东西。中间空着,一压就扁,放开了又恢复原状。

"这是树脂做的,"店员说,"一粒压了会扁,多了就压不扁,反而有回弹力。"

再仔细研究枕头的构造,中间的四方格是空的,颈项睡的那个部分有条拉链,打开看,可以把树脂粒拿掉或增多来调整高度。

"为什么叫圈子饼枕头?"我问。

"中间是空的,像圈子饼。"店员解释。

放不进去行李箱,买了才后悔,只能每天拿在手上,带着枕头到处去。朋友问起,我说这是我的安全枕头,像《花生漫画》中莱纳斯的被单一样,不带在身上就会晕倒,说完噬住拇指,做白痴状,惹得众人大乐。

竹夫人

用抱枕这个习惯历史悠久,中国香港和中国大陆的人早已遗忘,南洋人还保留着。通常是把一般枕头制成长形罢了,没什么花巧,为了干净,也缝一布套包住。小孩子用小抱枕,大人用大抱枕，用惯了，没有它睡不着。

许多中国文学作品都记载着抱枕这种东西，最早的是用竹编的，称之为"竹夫人"，夏天抱着睡觉有阵凉意，古人没有冷气空调，但他们拥有的是无限的悠闲和雅兴。

听说，有钱的人还用象牙刨成线编抱枕呢，我没有看过，但听起来已经觉得这些人真懂得享受，现在找到，可以摆在博物院去。

我们一家都用抱枕，只记得弟弟小时候喜欢把封着抱枕套的那条带拆开，才两三岁，已经懂得用小手指慢慢地、一根根地抽拉，将结头部分拆得像一管毛笔，蓬蓬松松，然后用它来摩擦鼻子，安静地睡去。

家住像荔园一样的游乐场里面，抱着弟弟去散步，他最喜欢灯火的光明，走到一半，弟弟疲倦地睡去。抱回家，一到，惊醒，看不到光明，用小指指外，大哭，要再出游。为哄他睡觉，会把抱枕套毛毛在他鼻上扫一扫，说也奇怪，像关电灯一样，即刻睡去。

古时候的抱枕是什么样子呢？是不是和流传到现在的一样，像根香肠？我一直感到好奇，结果我在一本线装书的插图中看到，原来有少女般高，中空，作葫芦形，像头和身体，要是能买到一个有多好！

这次去大阪的高岛屋百货公司，我就看到和图画一模一样的抱枕，大喜。日本人保留中国文化，还做得好，即刻买下，不能寄舱，手抱入机内，大家都笑我痴人一个。

第三章 那些好玩的让人上瘾

我不要作画，要玩画

在东京偷空去看画展，三越百货一年一度的新画家作品展，整个会场的作品有上千幅之多。

能被选中，是年轻人的梦想，踏入画坛的第一步。绘画并不能靠尺寸来衡量，只能计算参加过多少次画展或自己开过几次展，当一张成绩表。

那么多绘画者之中，有哪一个能成巨匠呢？受肯定之前，都在默默耕耘，画完一张再画一张，家里已没有地方堆放，还是卖不出。这个穷困挣扎的过程，非常漫长。

有人赏识，除了自己的功力之外，亦需要际遇。幸运的早一点儿碰到画评家的吹捧、画商的推介、收藏家的热爱。

倒霉的，一生只卖出一幅画，要到死后才华方被后人发掘。

每一个艺术家在作品售出之前，都在怀疑自己的能力：最初走的路线是不是模仿？建立了自己的风格之后，有没有人懂得欣赏？即使有人买，自己是不是一个昙花一现的骗子？有人支持的话，能维持多久？五年？十年？——永远处于不安的状态。中途放弃的，像樱花落地；发疯的，如天上的星星。艺术家的命运，非常悲惨。

刻苦经营下去，便得推销自己了，逢人便说我的作品卖给了什么什么名人。这与一个庸医拼命吹嘘自己治好了某某，是一样的。

连品格最清高的冯康侯老师也说过："开画展时，为了多卖一幅，也得向不懂的富商解释内容。艺术家，不饿死才是人。"

当年听了唏嘘不已，自认不是为了艺术抛头颅洒热血的料子。艺术家都是作为小孩子时已有天分，再投入一生为赌注的人。那种狂热，比任何政治或宗教更厉害。

当玩的又不同。文人嘛，画几笔又如何？不想成家的话，轻松自在，任何方式都能表现一下内心的喜悦。我不要作画，我要玩画。

横山大观的画，有禅味

日本庭园最出名的有桂离宫、二条城和龙安寺，都是历史悠久的建筑，而新的庭园，被世界公认为最优秀的，还有岛根县的"足立美术馆"。

它在一九七〇年创立，为什么那么重要？主要因为它收藏了名画家横山大观的一百三十幅作品，而庭园的设计，都是依照横山的画中情景建筑，当然比工匠设计得更艺术化了。

这次把横山大观的多幅画搬来东京展出，我刚好碰上，不容错过。横山是我最喜欢的日本画家，早年作品都依照中国画的传统，后来加入西洋画法，自创出独特的风格。

但这一创新可就惹出祸来，当年被传统派攻击为朦胧体、妖怪画、鬼画符，闹得在日本生存不下去，而开始到印度、欧洲等地一边作画一边举行画展，得到海外的支持，再回到日本，成为巨匠。

横山的成名作叫《无我》，画一个穿着大人衣服的童子，以迷惘的眼神看未来，充满禅味。画中的儿童，就是在探讨人生意义的自画像。当年横山大观已有二十九岁。

四十三岁时画的《释迦十六罗汉图》，人物、僧袍、山石、树枝都有如古画的一片褐色，但树上的绿叶子用了鲜艳的近代颜料，已脱离了传统的画风。

《那智乃泷》只有黑白，大胆地在画的中间留下空位当瀑布，技巧值得我们学习。

《红叶》是大幅的屏风，用蓝色的背景来衬托枫叶，在其他画家只敢以绿色作为背景的时候。

横山也是第一个将富士山当艺术来表现的人，之前画富士山的，工匠居多。

活到九十岁，横山一生以酒当饭，他和酒厂"剑菱"最有缘分，每次用作品去换酒。我喜欢他的画，也爱喝"剑菱"牌的清酒。价钱不贵，很好喝。

我想接近的"醍醐味"

日本人很喜欢用"醍醐味"这三个字。

醍醐味,到底是什么味道呢?

首先,"醍醐"两个汉字为最高的佛法之解。"醍醐味"可作美味的赞颂,也指"神髓",更被惯用的是说明妙趣,譬如说书法醍醐味,便是书法的妙趣。总之,它形容无上的快感、最高的情趣。

但是,古代的醍醐味,只是简单的牛油奶酪味,大煞风景。用牛奶可制成酪、酥和醍醐。将牛奶煮熟,变成像炼奶的形态叫"酪";"酪"再经过煎熬成"酥",将"酥"进一步加热并冷却凝固,中心未凝固的东西就是"醍醐"。

传说释迦在修行中病倒,得到一块醍醐而医好。所以醍醐和佛家搭上了关系。牛奶的制成品有五味:乳味、酪味、生酥味、熟酥味和醍醐味。醍醐级数最高,大概是因为它救了佛祖一命。

日本人除了本分的职业之外,常有另一种兴趣,男的钓鱼,女的插花,等等。他们对消遣也有像工作一样的狂热,所以参考书出版事业兴盛,供给这群发烧友去研究,直到他们得到了个中情趣的"醍醐味"为止。好的方面,他们从琴棋书画发展到高尔夫球或太极拳等;坏的,他们研究如何自杀,甚至虐待狂和被虐狂,也有"醍醐味"。

好酒让人上瘾

好酒

年轻时住日本，跟着大伙喝威士忌，对白兰地的爱好不深。后来到香港打工，还是坚持喝威士忌，自嘲有一天连白兰地也喝得惯时，才能在香港长居。

酒瘾发作，到杂货店买。也只有香港这种地方在街头巷尾可以购入上千块一瓶的佳酿。陈年 X.O 连在巴黎都要到高级店铺才找得到，法国人看到我们这种现象，也啧啧称奇。不过，见不到好的威士忌，渐渐地，我也接受了白兰地，当香港是一个家了。

记得第一次来香港，那是二十世纪六十年代的事，当时大家流行喝的是长颈的 F.O.V，后来才知道有 V.S.O.P[①]这种酒。小时

[①] very superior old pale，白兰地贮藏年度的标示。

候偷妈妈喝的酒，有手揸花、手揸斧头和三星牌，据老饕说已比后来的 X.O 好喝得多，但当年不懂得分辨什么才是好酒，有醉意就得，真是暴殄天物。

白兰地大行其道时，别说 X.O，还能在杂货店里买到轩尼诗的 EXTRA，当今虽然有路易十三，但是 EXTRA 也只在拍卖行中出现。

很难向不喝酒的年轻人解释 EXTRA 的味道如何，只可以形容它不像酒，总之绝对不呛喉，一口比一口好喝。

中国人喜欢的白酒，如果醇起来也不错。喝过一瓶茅台，那白色的瓷樽已贮藏得发绿，喝起来也不像酒，连干数杯面不改色。从前很佩服周总理迎接外宾时老干茅台，那么大年纪还是照喝，如果是那种好茅台，相信你也能一杯干了又一杯。

醉意是慢慢来的，像泛舟荡漾，喝多了也不会头晕眼花，舒服到极点。

我最后喝的轩尼诗 EXTRA，是倪匡兄移民旧金山后我第一次去探望他时他从柜中拿的两瓶，一个人手揸一瓶，一下子干个精光。好酒就是那样的，再没有更清楚的说明了吧？

烧酎

烧酎（Shochyu），就是我们的烧酒，也叫"土炮"和"孖蒸"。北方人的白酒，就是把烧酒连续蒸馏，提到更高的酒精度。

日本人一向喝的是清酒（Sake），烧酎出现也不过一百年，属于一种劣酒，只有劳动者才喝的。

最初应该由韩国传来，韩国人称日本清酒为"正宗"，取自"菊正宗"牌子的名字，他们自己做的烧酎"真露"，杂质甚多，喝了会拉肚子，故要掺一小瓶韩式"济众水"，才没毛病。

韩国人来到日本，住了下去，用日本的大好白米做烧酎，水准就高得多了。著名的牌子叫"宝"（Takara），有二十五度。四五十年前的霓虹灯广告，只能在韩国人聚集的御徒町看到，不是很有名。因为便宜，穷学生开始爱上烧酎，但它极难下喉，有股很古怪的味道，所以就在杯子里放一粒盐腌的软酸梅，用把长柄铁匙搞烂了，加烧酎，才能喝得下。

当年一些著名的大众酒场，像京成立石车站附近的"宇多"，客人都喝酸梅烧酎，侍者捧着一点八升的特大酒瓶，见人干了杯即刻添上。酒便宜，小菜如煮牛杂也便宜，大家喝得不亦乐乎。这群穷学生长大，后来成为社会支柱，对烧酎的嗜好依然，便开始制造自己的名牌。混来喝的也不止于酸梅，可加滚水、乌龙茶和苏打来喝。年轻一辈愈勾愈淡，不像清酒那么易醉，也跟着大喝特喝。

目前，烧酎已变成了最时尚的饮品，不喝简直跟不上潮流，卖得比清酒贵得多。各种牌子不断出现，连冲绳岛生产的番薯烧酎，称为泡盛（Awamori）的，也被捧到天高。但是韩国烧酎，除了"宝"牌，其他还是不受欢迎。有了电视剧的韩片之后，也许日本人才改观吧？

吃冰

到了炎夏，各地小食摊外总见一面旗，写着一个大"冰"字，下面画着冲天的海浪。

冰有红、绿和白三色。把冰刨了，由上面淋下草莓、蜜瓜和白糖糖浆，不像我们的红豆冰，是没有料的。

碎冰堆积如山，孩子们小心翼翼地从上头掏来吃，不然崩溃，沾得满手都是。吃进口，冰将糖浆中和，不是太甜。一口又一口，吃个不停，吃到舌头麻痹为止。这种清凉感，是可乐或其他冻饮尝不到的。

日本的这种吃冰传统是从明治时代开始的，从前冰是一种珍贵的食材，尤其在古代，冬天人们把冰贮藏起来，天热了才吃，非皇亲国戚做不到。

喜欢草莓糖浆的人会说，鲜艳的色彩真诱人，但反对的说那种人工染料看了就怕。传统的糖浆是无色的，总称Mizuame，大阪人叫它为Senji，东京人叫它为Shui，是用白砂糖加上蜜糖煮成的。当今大量生产，也只剩下白糖罢了。爱者认为配白糖糖浆才是冰的最正宗吃法。

除了白糖浆之外，还流行掺了茶粉的，称为"宇治"。宇治地方，产茶也。

其他味道还有柠檬、橙、葡萄，等等，最近新加了杧果糖浆。根据统计，无色的白糖浆被红色的草莓糖浆打败，占总销售额的四成。

至于冰块，我们那个年代还是用一个大四方块的，放在手摇的刨冰器内，制出又细又薄的冰来，现在的多是把普通小冰块放入一个搅拌器式的东西里制出，已不似雪，像碎石多一点，口感没那么好。

考究的店中卖的是"纯冰"，把冰中的杂质过滤，花上四十八小时才做出。普通的制冰器用零下八度做成，纯冰要零下十度，据说在这种温度下做出来较难融化，更加好吃。

夏天来到日本，面对雪糕和冰的选择，我还是爱吃冰。

百鬼物语

代表日本夏天的,还有鬼。

和日本人不太骂粗口一样,他们的鬼故事也不多。只在盛夏中说,带点儿凉意,到了秋天就绝迹,大谈恋爱的悲哀。冬天,日本人创作或阅读黄色小说,春天只谈樱花。

鬼故事之中《四谷怪谈》和《牡丹灯笼》最受欢迎了,改编成电影之后,每逢夏天,必推出来上映。

两个故事都同情被抛弃的少女,少女化成厉鬼之后向抢她们丈夫的富家小姐报仇,其他的鬼,只有名字,组成故事的不多。这些鬼分为一百种,叫"百物语",包括长舌头的、有手脚的雨伞鬼,等等。贞子并不传统,而是现代人发明的鬼,才会从电视里爬出来。

日本人也有盂兰盆节,是农历的七月十三日到十六日,拜祭父母和祖先。没有亲人的,变为饿鬼。人们在这节日里准备了很多食物施饿鬼。盂兰盆节传统来自唐代僧人不空,他到过印度,翻译了很多经典,其中有篇叫《佛说救拔焰口饿鬼陀罗尼经》,

后来传入日本。

"无缘佛"是祖先的朋友,因为本身没有亲人,所以由友人的后代照顾,友人的后代在祖先的佛坛旁边立了一尊无缘佛供养。京都嵯峨野之化野念佛寺里,有八千尊无缘佛的石像,每年八月底就有人来到这里点蜡烛,一点数千盏,那种阴森气氛,比日本一百种鬼更恐怖。

一般家庭到了盂兰盆节,在门前焚火,称为"迎火",来欢迎死去的祖先。盂兰盆会的最后一日也烧火,称为"送火",把灵魂送走。

地区全体集合起烧的,叫"精灵火",京都东山,烧了一个巨大的"大"字,叫"大文字"。

形象最惊人的是"茄子之马",把四支牙签插在茄子上,成为茄马,让祖先的灵魂骑着走。日本乡下路旁经常摆着,像个玩具,但只令人想到一不小心踩着了,会不会也变为幽灵呢?不吉祥的感觉非常强烈,避之为妙。

做一回柿子大盗

在深秋的这个季节，日本的公路旁边常见柿子树。

有的长得茂盛，一颗颗柿子躲在叶子下面；有的已经完全落叶，整棵树上全是橙橙黄黄的柿子。路旁至少上千粒，样子最好看。

一直想要亲自去摘几颗，但为了赶路，车子打回头浪费时间，便作罢了。

从窗口望去，有些柿子甚至转成少女的粉红面颊，像在对我招手："采我吧！采我吧！"

"那都是涩柿呀！不能即刻吃，要拿来晒成柿饼的。"当地导游阻止，"要采的话，我们到果园去。"

到了果园，什么水果都有：葡萄已到收成时期，水蜜梨饱满，苹果盛产。当中夹了几株柿树，日本人都摘硬的吃，我喜欢最成熟、最甜的大红柿。这最环保，日本人不会去碰熟柿，掉地化泥。

果园主人为我们安排一张餐桌，放在葡萄架下，把所有的水果切开，让我们享用一顿水果餐，真是丰富，吃得十分过瘾。

但念念不忘的，是要采路边的柿子，看到前面有，终于忍不住，叫车子停下，跑到一间村屋，见有两个年轻人。看到大队杀来，他们有点儿惊慌。

"让我们采几颗！"我提出要求。

对方安心下来："尽管吃好了。"

说完还去担架梯子给我们，李珊珊、林莉和我大采特采。林莉最爱吃柿子，吃得不亦乐乎。

"我们收藏古董车，近来时常有人想来偷。"对方解释。

我们一面吃柿子，一面看到园中有很多汽车零件，还有几块被抛弃的车牌，这才发现原来这两个年轻人不是怕我们这群柿子大盗，而以为我们是警方人员——他们两个人是偷车贼呀！

吃得饱饱，偷车贼还摘了许多柿子送给我们，向他们道完谢，出发向北海道去。

那些好玩儿的店

立喰屋

在大阪下榻的中之岛Rihga Royal Hotel（丽嘉皇家酒店）附近，有一家小小的"立喰屋"。

顾名思义，站着吃的，名字并不贴切，应该叫为"立饮屋"才对，客人的目的不在吃东西，喝一杯就走。

店里有个老头，也是站着，打了一点四升大瓶的清酒，倒出来自己请自己，喝个不停。

喝酒的人多数喜欢有点儿东西送送，店里也卖简单的鱼饼、鱼春、豆腐、花生，等等，有些鱼和肉是事先做好的，客人点了，老头舀出来放进微波炉"叮"一下，即刻上一桌。

睡不着，深夜走去喝一杯，和老头聊起天来："店是自己的？"

"租的。"他说，"几十年前租下来，不是很贵。"

"业主见你的生意好，会不会加租？"

老头笑了："日本经济那么坏，我不减他的租算是好的了。"

"开这么一间店，是因为自己爱喝酒？"我知道答案，也要问问。

他点头："喝得进医院几次。我老婆不喜欢我喝，跑了。儿子骂我是个酒鬼，也跑了。"

看食物和酒的价钱，便宜得不能相信，又问道："能有多少毛利？"

老头回答："我不是那么算的，我算的是一天能不能有一万日元的收入。"

一万日元，六百多块港币，除成本，每天净赚三百多，吃店的喝店的，足够。

"不必储蓄吗？"我问。

"病了住医院不要钱，用储蓄来干什么？"

"这一点日本是做得好的。"我说。

"我只是担心，死了，儿子不来送终。"老头说。

"死了，还担心些什么？"我说。

老头点头："说得对，今晚我请客。"

快餐车

市道不好，小贩就出现了。找不到工作，有什么比摆摊子做点儿小买卖更好？

日本经济泡沫破裂，已有十多年了，大家想尽办法求生，现在他们搞所谓的流动贩卖，就是我们的"快餐车"。

我对这种经营手法甚感兴趣，十几年前与洪金宝和成龙一起到西班牙，拍的也是以快餐车为主题的电影。

当今日本流行的车子，一辆卖十万多港币，车内设备齐全，有炉有灶，不过这种车一卖到其他地方就要贵得多了。

我很赞成当小贩这一回事儿，百花齐放，多好！在泰国，我们的摄影队去到哪里，哪里就有小贩出现，像群蚂蚁。政府照顾民生，放条生路，而有些所谓文明社会，禁这个禁那个。

小贩真的像政府所说的那么不干净吗？我们也经过小贩年代，还不是好好地活了下来？看别的都市，像中国台北，小贩多得不得了，横街小巷中总有一两档，不见顾客吃了出毛病。

日本的这种快餐车做法在中国台北早已兴起，在办公室和学校附近出现，客人围着它，吃便宜的早餐或中饭，花样极多，岂不比在超级市场买盒饭更热辣辣？

当然在日本卖快餐也需要牌照才可经营，但是手续简单，一领必到，停车场也欢迎它们，收个费用，泊满各式的快餐车，整个地方热闹起来。试想如果香港也这么做，海运大厦六楼天天变成嘉年华，连商场的生意也带旺。

  我们的快餐车式的买卖，限制在那仅存的一两辆雪糕车，政府不再发牌了，当今经济最困苦，是否可以重新考虑改变政策呢？

  小贩名副其实地从"小"起家，也许有一天成为超级市场的老板。凡事都要有一个开始，只要花心机，服务有水平，东西好吃，一定会成功的。如果领到牌，我也想去买一辆玩玩。

漫步御徒町

新井一二三写的《东京的女儿》一书中，有篇文章叫《御徒步町爱情酒店》，所有的东京车站中，没有一个是叫这个名字的，只有"御徒町"（Okachimachi），那个"步"字，大概是不懂日文的中国台湾编辑硬加进去的。

我这次去东京，也到过御徒町，是去探望我的前秘书林晓青，她和日本丈夫石川在那里开了一家钻石店，叫Diamond Plus。

文章中提到御徒町的爱情酒店集中地，消失矣，代之以紫色建筑的"庆屋"，从一号馆开到八九号馆，都涂上紫色。新井认为俗气的爱情酒店，想不到变成更俗气的百货公司。

"庆屋"专卖便宜货。所谓便宜货并不代表是二手的或者次级的。"庆屋"主人有大把现金，别人卖不掉的他们大量扫，当然压低了价钱。当今的内地旅行团也都知道，一车车来这里购物。

御徒町还有一个特色，战后韩国人群集在这里卖海鲜干货，这个传统保持到现在，通街可以看到"寅次郎"式的人物[①]叫卖："今天就快收档，半买半送！"

咸三文鱼、明太子鱼、鱿鱼干，等等，应有尽有，主妇们专门乘电车来这里入货，一次买够一星期的菜，省下好多钱。

走过几条街，就能找到"小韩国"，那里尽是韩国杂货店和餐厅，要找任何一种泡菜都有。

我最爱这一区，主要是来喝土炮Makali，那是一种刚发酵的米酒，以前只能在韩国本土喝到。但当年韩国穷，米中混了杂粮，酿出来的酒呈褐色，只有在御徒町的韩国人私酿用的是纯白米，日本米又肥又大，酿后的酒白得像牛奶，一灌入喉，甘香无比。

当今在香港也能买到纸盒包装的Makali，但绝对没有御徒町的香醇新鲜，在我们这种年纪，找Makali比找爱情酒店更为恰当。

---

① 源自日本电影《寅次郎的故事》，象征乐观与坚持。

逛便利店，一乐也

便利店

便利店的书架上摆满杂志，教人在什么地方打弹子赢面最大。销路佳，当然有人相信，像香港的马经①一样。

说到便利店，最大的一个连锁店叫Daiei，已面临倒闭。这家人在神户地震时拿大量货物救济灾民，本来很受客人支持的，但是日本人的生活方式一直在变，夫妻一起打工的愈来愈多，Daiei正常时间营业，已敌不过开二十四小时的7-11和Lawson（罗森）两个大集团。我们到日本旅行，虽然在温泉旅馆有吃有住，还是喜欢先到便利店逛逛，至少买瓶矿泉水也好。

便利店灵活经营，抢去百货公司不少生意，卖的都是与民生

---

① 亦称"马报"，是专门提供赛马相关资讯的出版物。

最密切的商品，连水费、电费、保险单、看NHK（日本广播协会）的电视费、电话费，等等，都能在便利店中缴付。

烟酒不在话下，化妆品和须刨齐全，简单的日常生活餸菜①，都可以在那里买，夫妻放了工，往便利店一走，就能解决三餐。

大都市都有这种倾向，很多香港人也光顾便利店，但是日本的便利店，和其他国家的有一个很大的不同。

我们的便利店卖的面包、三明治等，摆在架上摆得发硬。是不是新鲜的？什么时候做的？没人知道。日本便利店最大的收入是卖便当，各类盒饭应有尽有，共同点是摆在店里，只摆六小时，一超过时间，不管好坏都丢掉。

所以日本已经没有饿死人的现象，街头流浪汉都知道便利店在什么地方、什么时间扔盒饭，捡来吃，还可以选择花样呢。

治安算好，开至深夜的便利店也不常被抢劫。在美国的话，瘾君子一急起来就打便利店的主意。日本便利店唯一不能服务的是性伴侣，但架上有许多色情刊物和录像带，任君自行解决，实在便利。

---

① "餸"为粤语方言，即下饭的菜。

闲时逛逛Lawson，一乐也

在日本的任何一个角落，都能找到Lawson这家便利店，比7-11还要成功。

我们Check in（登记入住）酒店后第一件事就是到Lawson去，买瓶矿泉水或啤酒、可乐。也不单单是因为这里的东西比酒店便宜，它还有其他东西吸引你。

小小的店里，东西应有尽有。忘记了带牙刷或剃刀吗？顺手把它们装入购物篮，底衫底裤也有，纸做的。

我们的屈臣氏也有哇，但是开二十四小时吗？亦没有稀奇古怪的便宜打火机吧？

吃的东西占很大的部分，一日三餐能在店中解决，有的还摆着一个大炉子，里面有热腾腾的日式酿豆腐（Oden）。

各种各样的杯面，买后回酒店加滚水当夜宵。日本旅馆房中多数有个电动沸水壶的，挑一些易拉盖的小罐头，一瓶"桃屋"做的榨菜，便很丰富了。饭后再来一杯热茶，或者外层是巧克力、里面是雪糕的甜品。

如果仔细观察，便会发现店内货物多数投年轻人所好，连流行饰物或游戏机软件都出售。报纸栏里充满少男少女杂志。

这些便利店已经抢了不少大百货公司的生意，百货公司经理叫采购组向便利店学习，认为自己的摆设很落后。

当然，我们香港也有便利店，但是花样不如人家的多，而且客人把价钱和超级市场比较，都觉得便利店贵，这是它们的致命伤。

Lawson忙起来也只有两个嘴边无毛的小子在管理，深夜时一人看一间店。

日本有百分之五的消费税，找起钱来总有一元元的零头，柜台上有个透明塑料箱，让客人把零钱捐给残疾儿童基金会，也是值得我们效仿的善事。

观光日本，闲时逛逛Lawson，一乐也。

流行时装，是时髦的也是贫乏的

到东京，各人兴趣不同，去的地方也相异。男人往秋叶原的电器街跑，女子爱到青山一带的时装店。后者当今还有个新去处，那就是涩谷区代官山。

年轻人群集，代官山为最时髦的逛街点，店名皆以法文为主，尽量模仿欧陆风情。

到了星期天，店铺外有条长龙，还以为是闻名食肆，原来只是流行时装店。连买衣服也要排队，这情形也只有在日本才会发生。

代官山本为一平凡住宅区，你开一家店、我开一家店后，一下子就凝成流行点。卖的不是国际著名的牌子，新设计家在广告上的投资不多，价钱中上，更受欢迎。

日本人对时装的感觉有他们的一套，东抄西袭后逐渐成为一格，小三宅一生一个个跑出来。年轻人与年轻人之间津津乐道地研究，能辨出对方穿的是什么人设计的衣服，互相欣赏。

歌星、模特儿也在这里出没，附近有许多摄影室出租，为大明星造型。他们工作完毕在咖啡店中歇脚，或在白色墙上签名，或只是坐在室外让路人认出。

坐在咖啡室中看经过的男女，滑雪帽下披长发，或是一顶钓鱼帽盖着蓬松的鸟巢般的鬈曲头。男的几天不刮须，女的多穿四英寸高的判官鞋子，随时不平衡"扑街"[①]。

奇怪的是，许多女人长得很相似，也许是因为她们划一的化妆术吧。个个都以为自己是辛迪·克劳馥，但身上穿的，似流浪者居多。

所穿服装，也许她们认为美，但不是我们这些与时代脱节的老头所能理解的。但是，没有旧时细工与优雅，这是事实。

唉，《安妮·霍尔》上映至今也快二十年了，那时流行的乞丐装还一直穿到现在，就算年轻人自称多有品位，也是贫乏得很。

---

① "扑街"是粤语方言，此处指"摔倒"。

闹市中的宁静美好

没有想到，东京的闹市里，还有一个那么宁静的地方。

走进旧木门，是个小庭园，耐寒的松树苍绿，微雪飘下，以为是花瓣。

矮小的老太太搓着双手出来相迎。啊，现在的人长得真高，她说，战前的那一辈从来没有看过。

走廊擦得发亮，反映着我们牵着的手。走进卧室，榻榻米上已经铺好厚厚的被垫。床单雪白，浆得发硬，一切都是那么干净和舒服。

老太太说声"对不起"，推开扉门跪着爬进，手上的漆盘中有一壶热茶和几个橘子。"吃吧，"她又说，"这是我们院子里种的，很甜。"

将浴缸的热水放满后退出，还祝我们有一段欢乐的时光。

炭炉中吱吱的焰声传来。榻榻米发出枯草味。洗澡后穿上浴衣，麻料与我们的裸身摩擦。脸上的微红，是火的反映，还是欲的烘亮？

终于到了非分手不可的时间。经过院子,雪已停,老太太在我们的身后用两块小石互敲,祝福我们心想事成。

第四章 慢慢走啊,欣賞啊

明朗会计

灵活

日本人不够灵活。

数十年前,每天在香烟店买两包Ikori牌,一包四十日元。老头拿出一个算盘,嘀嗒两声,说:"八十日元。"

今天,老头当然已不在了。香烟店中是个年轻小伙子,向他要了两包洋烟,每包三百日元,店员笃笃两声,说:"六百日元。"还是不灵活,算盘换成电子计算器罢了。

火车站月台旁有个公厕,写着"大便处"和"小便处",前者空溜溜,后者排长龙。他们的头脑是四方的。

半夜无车,交通灯亮红,也没有人过路。这是常见事,但守秩序也不能说成是缺点。

不够灵活的副产品是很轻易信人,从他们对信用卡的态度可以看出。在日本用Visa购物,店员从不打电话询问银行,除非是一笔很大的数目。

来香港的日本旅行团团员,经常把皮包随地一放,遗失的例子不少,本来相信人是好事,但在当今社会行不通。

日本人做事总一板一眼,依足传统,很专业。什么都卖的餐厅,只在香港能见到。

到寿司店,有个不吃鱼生的香港人硬要碗拉面。我说:"寿司店不卖拉面。不吃生鱼有熟虾和蛋卷。"

他不相信:"那么来盒鳗鱼饭。"

我说:"寿司店不卖鳗鱼饭。"

这家伙差点儿和我翻脸。另一个不吃生鱼的,我替他准备了份炸猪排,但他认为那么肥美的Toro[①],不吃可惜:"有没有火锅煮?"

"寿司店没火锅的呀。"我说。

"在温泉旅馆借一个拿来用,不就行吗?"他虽然想得妙,但是人家不会让他胡来。

还是倪匡兄最灵活。他去吃牛肉Shabu-Shabu(日式涮锅),再将猪肉放入牛肉锅中涮。伙计说不能掺在一起。他老人家就点了一个牛肉锅,一个猪肉锅。侍者拿来后,他只用一个锅。

---

① 在日本料理中指脂肪肥厚的美味鱼腩。

明朗会计

配合日本人一板一眼的个性,他们算起钱来清清楚楚,不啰哩啰唆,这也是我喜欢的。

到了餐厅,不给小费是理所当然的事,也就不必那么头痛。在酒店,不给替你拿着很重行李的服务员小费,天公地道;乘的士也是照表给钱。

觉得买东西讨价还价更痛快的话,那请你去大陆和中东附近吧,那儿总会满足你的自虐。

从前,去日本吃寿司,鱼生是当天采购回来的,没有定价,令许多新客却步,不知裤袋里的钱够不够。有了大众化的寿司店后,用碟子的颜色算钱,蓝的几多,黄的几多,一摞碟加起来几多,没有其他费用,客人就可以按照自己的预算吃东西,这种制度,叫"明朗会计"。

那是经济起飞时建立的,泡沫破裂数十年,至今还未恢复,虽然和日本人做生意不讨价还价,但现在可以照杀,尤其是贵重的东西。

便利店和百货公司不会睬你,照样明朗会计。如果是进口货或名画古董之类的,减一半价钱,绝不出奇。

普通货物,就干脆全店减价,像他们的一百元商店就是用这个技巧招徕顾客,其他的有"多庆屋"和"唐吉诃德"等,不谈服务或包装,一味以廉价出名。

别以为便宜没好货。东西高级、价钱低廉的是"UNIQLO"（优衣库），在经济萧条时期这家公司一枝独秀，卖的衣服多数是中国制造，厂方要求高而已。

至今为止，还有些付钱时不知怎么算的例子，像到了高级的料亭，从来没有价目表，离开时老板娘递给你一张小纸，写着多少多少。

那完全是一种互相信任的关系，你有资格来到那些地方，大家已是老友了，价钱一定实在。其实实不实在，你也不在乎，都是开公数[①]嘛。

[①] 指由公家开支。

好品格与好传统

敬业乐业是好品格

日本人有敬业乐业的传统。用起人来，是一件乐事。

一间商行或一家餐厅，做出名堂之后就不怕没人用，很多人前来应聘。如果是艺术家，更有父母把子女送上门，哀求老师指导一门手艺，薪水多少不拘。

我这一次去金泽最好的寿司店，他们本来星期四休息的，但专为我们开业。

"伙计们不抱怨吗？"我问该店老板。

他微笑："我说什么，他们只有照做。"

来寿司店当学徒，从扫地洗碗开始，做个两三年，连一把刀都不让你磨。

"这看他们有没有耐性。"老板说。

"耐性？"

"是呀，枯燥的工作，能不能够忍受？态度认不认真？这些不是一朝一夕可以看得出来的。连这一点基础也没有，怎么切鱼？"

"三年之后呢？"

"可以教他们拿刀，"老板说，"不过鱼是不可以碰的，那么贵的食材劏坏了怎么办？教他们削萝卜，要片得像纸那么薄，中间不能断。这一削，至少一年。"

"那么学到成为寿司店的大师傅，一共要多久？"

"至少十年。"他一本正经地回答。

"那么辛苦的工作有谁肯做？"

"城市中已经难找，乡下地方还是很多。如果在我这里做过，一生不怕没人聘请。大学生文凭是不值钱的。"

从窗口望出，一棵柿子结得满树。

老板命令伙计："取！"

那个笨手笨脚的学徒爬了上去拼命采，不小心一下子从树上摔下，鼻青脸肿。

老板若无其事："学习的过程中一定犯错，就用砧板在他们头上大力一敲。这一敲头破血流，以后什么苦都能吃了。"

调和

我们抵达日本那天，刚好是农历的夏至。

大家都知道，这是一年之中晚上最短的一天，太阳在八点钟才下山，翌日四点天亮，日本人喜欢在夏天浪费，拼命燃烧大量烟花。有时，他们也把几百万几千万个小灯绑在树上，弄一个灯光的森林。

但是，他们总想出方法来调和这种奢侈的生活方式，像他们保留和服以及时装一样，古今合一得很好。

在夏至的这一个晚上，日本各地名胜的灯光关闭两个小时：东京的东京塔、大阪的道顿堀、名古屋的名古屋城、札幌的时计台，到冲绳岛那霸市的首里城全部关灯，环保局今后都会执行这件事。

非政府组织的民间团体响应，呼吁实行"一百万人的烛光之夜"，各个家庭在夏至这个晚上不开电灯。

日本人的服从性高，家家户户照做，何止是一百万人省电呢？电视台这时分头拍摄各个家庭点蜡烛的情景：一对老夫妇拿出他们的新婚旅行照片欣赏，一个父亲把儿子拖进浴室擦背，一个年轻人在餐桌上吃白米饭，一个小女孩依偎着洋娃娃入眠⋯⋯

我常批评日本人的缺点，但对他们的优良传统是赞赏的，全国在这一晚的电源节流，加起来是庞大的。得到的不仅是表面上的数字，还能培养儿童的环保意识，影响是深远的。在黑暗之中，思考人与人之间的关系，减少了隔膜，意义重大。

传统并非只限于古人留下的，也可以在现代生活中不断创造，节省能源的夏至之夜只是一个例子。日本人在包装纸上的浪费，也在分别垃圾种类上取得平衡。他们有残暴的军阀，但也有爱好和平的文学家，好人我们和他做朋友，坏蛋我们大骂他。一切，是那么调和。

生活中不能缺少的游戏

PACHINKO

日本人的生命中，要是没有了Pachinko（弹子机）这种游戏，便好像缺少了许多生活上的乐趣。

左手一抓二三十个亮晶晶的铁弹子，一颗颗地塞入机器的小洞；右手将扳机一弹，铁弹子由上面撞钉落下。要是掉进正确的洞里，便跳出十五颗铁弹的奖金，落不准便给机器吃掉。

赢家抱着数百粒铁弹到柜台，换取巧克力、毛巾、口香糖、肥皂、罐头等奖品。

输的人到底居多，但为什么还要回去赌呢？日本人有喜爱群集的习惯，一家弹子店有百多台机器，每架的面积刚好是一个人位。挤在里面气氛极热闹，加上店中播出来的《海军进行曲》以及弹子撞击声、击中铁钉声、中奖后发出的铃声、铁弹滚出来的嘈杂声，非常刺激。

机器中的洞下有小郁金花，入洞花瓣打开，中奖率提高，快感达到顶点。但是商人嫌赚钱太慢，目前已全部自动化，自动装弹、自动弹出、自动输钱，日本人越来越自动无聊起来了。

新波子机

《料理铁人》这个节目，由富士电视台制作，从一九九三年十月十日开始播出，到一九九九年九月二十四日，做了七年，共三百集，是一个奇迹。

至今，还有很多人怀念这个节目。

参加过这个节目的，都被饮食界尊重，像北海道的曾野部，以此为名，吃到现在。

我也当过几次评审，以一贯作风，有什么我说什么，不给余地，日本人给我取了一个名字，叫"辛口之名人"（Karakuchi No Meijin）。

曾经有一个电视节目访问我，说："对'辛口之名人'这个称呼，有什么意见？"

我老实不客气地回答："什么时候开始，说实话的，变成了辛口？"

不过，老实说，这个称呼给我带来的方便倒是不少的，像我去日本的什么名餐厅，他们一听到，总有比较好的待遇，至少不必排队等位。

Nobu最初在纽约开店时,我说要去,对方也特别招待,到了他出名以后,当然也忘记我是怎么样的一个人。

这种待遇不止于日本,当年这节目卖到世界各地去,找著名的厨师来挑战铁人,我也因此和各国的名厨打过交道,组织旅行团时订位较为方便。

当年日本经济泡沫还没有破灭,钱乱花,每一次请我出席,都给三百万日元当酬金,又包飞机票和一流住宿,所费不菲,今天就没有这首歌好唱了。

那么多年后,我接到一个电讯,说有一笔钱要送给我,问我有没有兴趣。

"做什么?"我好奇。

"我们要出新的弹子机,用《料理铁人》为主题,里面有个人物给严格的批评,所以得付你肖像费。"对方说。

何乐而不为?这次我去日本,试了新机,弹子一进到我的样子的那个洞里,出来的珠子特别多,真是有趣。

麻将游戏机

朋友买了一架电动麻将游戏机,因为只有日文说明书,便让我先玩一玩,熟悉后才教他,我只好从命。

这东西像中型的电子计算器那么大,液晶表上分四行,可以和其他三家打,也能单对单,或两人各出一张牌,双人对打。我研究了老半天，原来非常复杂，不懂得打日本牌就不知道那么多规则，常常输给这台机器。它分三段教，每一阶段的牌一副比一副难看，机器则一直占优先地自摸又自摸，弄得我倾家荡产，玩得我头昏脑涨。后来摸到了它的脾气，总之它打什么牌我跟什么牌，这家伙就有一点胆怯，扔出牌来给我吃和。

打呀，打呀，它一失败，马上在液晶屏幕上写着：你厉害，你厉害，我投降。

但是，这不过是引你和它打第二段，等到它赢你的时候，绝不让你罢手，因为机器上没有让你认输的键可以按，除非你把机器关掉，或者将它砸烂为止。

这东西令我想起小时候的一个顽童，他被猴子咬了一口，气起来脱掉裤子教猴子"打飞机"，猴子打上了瘾，虚脱而死。我现在拼命和这架机器玩，有点像猴子。

相扑

日本有两种最受人欢迎的竞技：野球和相扑，但都不是他们所创。野球就是美国的棒球，相扑源自中国的角抵，在汉朝已有文字记载，但日本人依着旧规则将其发扬光大。

提起相扑，印象中浮起两个裸体的大肥仔，互相用力地把对方推出圈外。

对一样东西有了兴趣和研究，就变成学问。喜欢相扑的人会如数家珍地把历代的冠军背出来，像美国人津津有味地谈他们的棒球名将一样，都不是我们能理解的。

每个国家都有他们独特的运动，我们看不惯是常事，不过相扑这种东西连有些日本人也不喜欢，作家夏目漱石就曾经撰文抨击它的丑陋。

实际上相扑仪式很隆重，两个大胖子又撒盐又泼水，互相做一个要开始打的姿势，但又一二三地不干了，回去撒盐泼水。公证人穿传统服装，戴个怪帽子，手举军扇，"嗒、嗒、嗒、嗒"地大声嘶叫，两个选手才搏命地过几招，一下子就完。

无论如何，相扑并不如西洋拳那么残忍。握拳打人、抓头发、挖眼睛、击耳朵、脱对方腰带、揪颈项、踢肚子、用指伤人，等等，都是不容许的，说起来，倒是一个相当和平的竞技。

相扑的冠军叫横纲，其次为大关、关胁、小结、前头，等等，你常看到的日本餐厅名和酒的牌子就是取自相扑。

当了横纲等于是做了国家英雄，比电影明星、流行歌手还要厉害，财源滚滚而来，所以日本父母养了一个又高又肥的儿子，都想把他送到相扑学院，希望有朝一日成为横纲。

训练过程非常痛苦与严格，除了每天受长辈的毒打之外，还要逼着自己暴饮暴食，早餐两打鸡蛋，二十四只，问你怕不怕？肉一吃就是几公斤，总之越胖越好，愈重愈不会给对方推倒。

日本人嘻嘻哈哈地欣赏这些表演，连天皇也送一个银杯，但相扑手的命运是可悲的，牺牲了多少条大汉才出一个横纲？

据说，所有的相扑手都是短命的，每次看到这些肥胖的人，就想起他们的肚子那么大，不知道如何处理如厕问题。

名成利就的相扑手结婚一定全国轰动，照片上总是一个土里土气的新娘子搽着白脸，似乎在幸福地微笑。

虽说相扑是个和平的竞技，但我说什么也不喜欢。

有名的与有趣的

濑户内寂听

多年前,《料理铁人》在京都嵯峨野举行过一次国际厨师大赛,评审员之中,竟有一个尼姑,叫濑户内寂听。

这位名人很有趣,言论不高深,求她给意见的人,当她是一个心理医生多过一个师姑。

我单刀直入地问:"每一样菜都要试,你能吃肉吗?"

"佛经中也没有说过不能吃肉,人家布施,有什么吃什么,但是不可杀生。"她回答。

"这有什么分别?"

"想通了,就有分别。"她说。

她主持的庙叫"寂庵",每月有一次说经,信者很多,都喜欢听她的讲解。我答应过带朋友们去京都抄经,想起了她,打了电话去。

"欢迎欢迎。"她说,"你们到的那天我不在,但尽量安排大家到庙里来抄经。"

过了几天,她又来电:"我已经推掉约会,在庙里等你。"

抄经的过程只是把一张纸铺在《心经》上面,用毛笔临摹,但要坐在榻榻米上。二百六十个字很快抄完,如果能忍,将会得到一片宁静。

关于《心经》,濑户内寂听曾经说过:"我出家三十四年了,也只学会《心经》(笑),其他经太长,又难记,我受不了。"

"你到底领悟了什么?"我再问。

"那个色即是空的'空'字,是'有'的相反;意识了物质的存在,就是'有',没有那种意识,就是'空'。举个例子,我在写稿时,工作人员拿了一杯茶给我,我一点也没注意到,后来写完了,忽然看见面前有一杯茶,那就是'有'。以此类推,我们不去注重人间的生老病死和爱别离苦,那就是'空'了。'空',是一件值得学习的事。"她说。

绪形拳

我们在日本拍摄《孔雀王子》的外景,地点是日光瀑布。通常,瀑布镜头都是由远处望去,这个日光瀑布的特点是人们可以走到它的后头,由泻水中看世界,真有黄河之水天上来的感觉。

日本工作人员的耐苦精神是无懈可击的，他们浸在水中，爬上瀑布，为摄影做好一切准备。起初大家还穿上雨衣，套上长靴，时间一久，全身透湿，干脆把衣服脱掉，光着身体工作。

绪形拳是日本当今最红的演员，等于我们的周润发，他一抵现场即刻化妆等待。已经是初秋了，山上天气奇寒，他一身夏天服装，里面不能穿厚内衣，冷得他有点发抖。

我将一瓶白兰地给他，想灌他几口，但他微笑摇头："喝了脸红，给拍出来不像样。"

瀑布下有块巨石，他坐在上面参禅，实在有点禅味。一天工作也有几个小时，中午放工吃饭，他刚要举筷，太阳出来又赶着开工。看他那副可怜相，我安慰了他一句，他回答："赚你的钱，不付出，算什么演员。"

请问别的

香港艺人怕狗仔队，日本的不担心吗？

他们的狗仔队摄影器材是全世界最先进的。职员懂得保养和不偷东西，公司都肯大撒金钱购买，什么镜头都有。

加上日本人的那种"甘爸爹"精神，日夜死守也要拍到一张照片交差，艺人也和中国香港的一样，防不胜防。

大报馆是不屑刊登娱乐八卦新闻的，但有些报纸一点儿也不客气，加上有许多专曝丑闻的周刊，艺人的私生活照样曝光。

成熟的男女，怎会没有性行为？当红的演艺界人士和歌星，如果还说自己是童子处女，早给大家笑掉大牙。

宫泽理惠和球星接吻的照片，还不是被人大登特登，转载又转载？

你能拍到，是你的本领，你厉害，我服了，没有话说。这种没有话说的态度也一直保持着，就是艺人最强的武器了。

艺人不见记者吗？不接受访问吗？要宣传新片怎么办？合同上没有规定，但出席记者招待会的义务，人人兼有。

一被问到私生活，他们总是来一句："请您问和新作有关系的事。"

态度不卑不亢，口径也合一。

大家没有参加过什么联盟，也不一起举手赞成，但是统一地不回答就是不回答，奈卿如何？

一有结婚或离婚的事件，开记者招待会，由本人自己宣布内情，好过你猜我猜。

反观香港演艺界，拼命埋怨"狗仔队"的骚扰，但一被冷落了，就把什么内衣内裤都掏出来讲，是什么心态呢？

我并不是都说人家的好话，坏事也批评，他们的保持静默作风，倒是应该学习学习的。

香港艺人，有时也来一句"不关你事"，但到底是"请问别的"比较文雅。

爱干净的日本人

干净过度，反而制造了太多垃圾

日本人爱干净，本来是件好事，但干净过头，一年之间有七百万吨好好的食物，就那么丢进了垃圾桶。

有些还是原封未动的，连价钱表也贴在袋上。为什么要扔掉？以为过期嘛，或者是摆了一两天，就认为不新鲜，真是浪费。

外国人买日本东西，感叹它的包装完美，有些货物的价钱，只是包装费的一半。好了，这些盒子，那几层的包装纸，也变成了垃圾。最近有一个大学的调查，日本全国的废物，包装纸占了十个巴仙（即10%）。

百货公司像一只恐龙，大丸、崇光都出了问题，它们给小蚂蚁吃掉。小蚂蚁指的当然是数不清的便利店。灵活的经营，二十四小时的政策，是便利店最大的武器。

在便利店得到的便宜，也便利变为垃圾。人们拼命买，拼命去。单单是塑料袋，也占了垃圾的八点九个巴仙（即8.9%）。

代价，只能由人民自付了。

现在在日本扔垃圾，要分成几袋。不可燃烧的，像塑料盒、汽水罐之类装入一袋；可以燃烧的，像纸箱、衣物等装入一袋；废物如果皮、吃剩的东西，又是一袋。

每一种垃圾都要个别收费。日本家庭的垃圾费一个月总得付上几百块港币，而且还要在指定的日子扔什么样的东西，过了期的，就要等下个礼拜才丢。

装进黑垃圾袋中，谁分得出？政府当然有对策，第一件要人民做的，就是不允许用黑袋，一定要用透明的塑料袋，让垃圾收集员看清楚你丢的是什么。

最新政策，是如何征缴垃圾袋的税，在便利店中要一个袋子，就要算你多少钱，问你怕未？日本男人在家庭中已失去地位，被家族成员叫为"粗大垃圾"，要把他丢掉的话，今后家庭主妇也得缴费吧？

臭男人主义

日本人爱干净，是种美德。

但是，干净过火了，就会变成社会问题。

目前影响整个社会的是男人的体臭，是受不了的女人制造出来的。

最令她们困扰的是中年男人的味道，而接触得最多的中年男人，当然是她们的老爸了。故此，就出现了"亲父臭"（Oyaji Kusai）的现象，大家都嫌自己的父亲臭得要命。

办公室里的上司也好不到哪里去，女职员们写信给总裁，投诉那些课长、部长身体有异味，降低她们的工作效率。

这种社会现象直接影响更年轻的一代，小学中学里，学生们都不肯上洗手间，说是怕别人留下的味道。

怎么办？本来没有体臭的男人，也以为自己不干净，有些还自卑得患上洁癖，手洗个不停，洗到脱皮为止。

在日本做男人，已经没有以前的大男人主义，剩下的是臭男人主义。

不过，一部分男人嘻嘻暗笑，他们是做化妆品和服装生意的，这个问题一产生，就大量推出新产品，赚个满钵。

香油精、除臭喷雾筒已经不能满足消费者，最新产品是一种穿了不会臭的底衫底裤，中年男人们都抢着购买。

有用吗？你想一想就知，穿了一天，洗得不净，多有效的除臭内衣裤都臭不可挡，还是买用完即弃的纸制品好。如果你收到一件女儿送的除臭内衣裤，感觉如何？其他产品包括除臭药丸、除臭口服液、除臭鞋袜、除臭洗发露。

我有一个卖化妆品的朋友哈哈大笑："你没看到女子们都把头发染成棕色吗？今后所有男人都会买除臭用品，就像女人买染发剂一样，你看我们的市场会有多大？真是一世都吃不完！"

穿衣服的学问

衣服

遇到一个认识的人。

"好久不见。"我打招呼。

"我倒常看到你。"他说,"你穿着拖鞋和短裤,在旺角跑。"

去菜市场买菜,穿西装打领带,不是发疯了吗?

衣着这问题,最主要的还是看场合。更要紧的,是舒不舒服。

在夏天,洗完澡后,我最喜欢穿一件印度的丝麻衬衣。这件东西又宽又大,又薄又凉,贴着肌肤摩擦的感觉说不出的愉快。第一次穿过后,我便向自己发誓,在自由自在的环境下,热天穿的衣服不能超过二两。

见人、做事时,服装并非为了排场。整齐,总是一种礼貌,这是我遵守的。我的西装没有多少套，也不跟流行，料子倒不能太差，要不然穿几次就不像样，哪里能够年复一年？

衬衫、领带的颜色常换，就可以给人一种新鲜的感觉。那几套东西穿来穿去都不会看厌的。

对流行毫不在意的时候，大减价的衣服只要质地好，不妨购买，价钱绝对比时髦者便宜。

对跟不跟得上潮流不在乎的时候，买东西便能更客观，有更多选择。

贵一点儿的领带是因为料子好，而且不是大量生产。便宜的打几次就变成咸菜油炸粿，到头来还是不合算的。那么多花样的领带怎么去挑选呢？答案很简单，一见钟情的就是最理想的。走进领带部门，第一眼就把你打昏的领带千万不要放过。如果一大堆中挑不到一条喜欢的，那么还是省下吧。

总之，穿西装也好，穿牛仔裤也好，穿自己要穿的，不是穿别人要你穿的。这是人生最低的自由要求。

西装

日本人的所谓的常温，是二十八摄氏度，和我们认为最适合人体的二十四摄氏度，相差甚远。

当今，为了节省能源，在提高室温的前提下，提倡不穿西装，不打领带，着便服上班，由政府带头，大公司也跟着，让社员爱穿什么就穿什么来对抗夏天。

这本来是一件好事。日本是一个服从性很强的社会,由古至今。平民一般都很善良,但是忽然出现好战分子来当领袖,大家都得跟着去打仗。现在叫他们不穿西服,虽然只好听命,但很不习惯。西装已是上班一族的制服,就算建筑工人,也是穿了西装到公司,换上工作服才动手的,当今一脱,都有赤裸裸的感觉。

我们也穿西装,但是办公室或餐厅的冷气开至二十摄氏度左右,女职员都要加件毛衣,日本人来香港打工都要感冒。所以说香港的冷气是为西装友而设的。

穿便服的宣传已经过了一段很长的时间,电视上做了一个特别节目,调查不穿西装一族的反应。

大家都说:"公司那么命令,我们只好听话,但是出外见客时,我们还是穿回西装打领带,不这么做,对方会认为我们不尊敬他们。"公司里,职员都披了西装来,坐下后把西装往椅背上一挂;抽屉里,偷偷地藏了两三条领带备用。

穿惯白衬衫的人,一叫他们着便服,不知道要买什么颜色才好,以为便服就应该花花绿绿,穿得甚无品位。老一辈,更感到尴尬,最后还是披上西装,领带免了而已。

办公室里的女职员,看到男的穿得不三不四,都耻笑他们:"你们不如穿睡衣来上班好了,不穿西装,有什么了不起呢?"

男职员嗫嚅地回答:"叫你们不穿胸罩上班,看你们习惯不习惯?"

替男人选西装

从前名牌西装一万多块就可有一套，在二〇一五年这样的西装已涨到四五万了。

为什么要买这些店的，而不在附近找裁缝做？道理很简单，人家的高科技机器，把领子熨平了怎么弄都不会皱，我们的脱了下来挂在手上，一下子就变成油炸鬼（油条）了，所以西装这回事，不得省也。

年轻人买不起，不要紧，当今很多牌子都卖得便宜，像M&S（玛莎百货）、Zara（飒拉）、UNIQLO（优衣库）等都卖西装，他们也有熨领子的机器，买一件加基（Khaki）料的，简简单单，穿起来也够体面，不一定要跑到欧洲名牌店去找。

如果有了多余的钱，就去投资一套好西装吧。二〇一五年流行的都是窄衣窄裤的，有些裤脚还要短得露一大截袜子，这些西装，再过一年半载，看起来就十分滑稽，而你的投资就泡汤了。

做长线的话，一年买一套夏天薄的，一套冬天厚的，加起来，十年你就有二十套，二十年就有四十套西装可以不断地更换，你的衣柜已是个宝藏。

不会被嘲笑过时吗？中庸的西装，我可以保证，至少可以穿个二十年。不是大关刀领，也非太窄的裤子，那种两粒至三粒纽子的西装，亲眼看到，是这二十年，甚至于三十年，穿到欧洲去，还是会被尊重的。

上衣不会改变太多，裤子的流行变化才大，我们要是一成不变，当然成为笑话，当今只要多买几条裤管没那么宽大的，就不会落伍。

料子才是应该注重的，对方要是识货之人，一眼看出，自己穿在身上更增加自信。春天买Marine Blue Mirco-Nailhead[①]，夏天买Cream Pupioni Silk[②]，秋天买Oxford Gray Sharkskin（牛津灰鲨鱼皮纹），冬天买Cambridge Gray Worsted Flannel（剑桥灰色精纺法兰绒），或者简单一点儿，天热时来件又薄又轻的、没有里子的、麻质浅色的，天冷时来件小茄士咩（山羊毛绒）深色的，已够应付。

西装还有一种四季皆宜的丝质料，通常是卖得最贵的，穿这种料子的人大多待在夏天有冷气、冬天有暖气的室内，外出时会有车子接送，不必穿太薄或太厚的西装。

求变化时第一件要买的就是Blazer（夹克）了，它可以穿得隆重也能轻松，适合出席户外活动，颜色只限黑色或深蓝，特点在铜纽扣，多为三排六粒，上两粒是装饰，右边的两粒实用，纽扣代表了西装的牌子，也有深蓝的纽扣，例如带着一个D字的Dunhill Blazer（登喜路夹克）。

---

① 一种布料名。
② 一种布料名。

如果有需要的话，要多一件"踢死兔"（Tuxedo）好了，会穿衣服的人不太用这个名词，都叫为晚礼服（Dinner Jacket），要穿的话别太马虎，得要来一整套，丝领的上装，左右带丝条纹的裤子，结领花的衬衫、黑纽子，配袖纽、丝质束腰带和光溜的皮鞋，背心穿不穿随你，但上述的基本搭配缺一不可。一生之中买个一两套，当玩的好了，穿不穿不要紧。

穿西装的最大忌讳是袖子多数太长，不露出半英寸的衬衫袖口；颈背不合身，肿起了一圈，更是不可饶恕的。当今要找到好裁缝，只有去伦敦的Savile Row（萨维尔街），十几二十万一件很普通，有没有这种必要看你自己的要求，如果明确地知道自己要什么样子的，可以看现成的。

一般，去名牌店看见有什么你喜欢的样子，就叫店里的裁缝替你改好了，都有这种服务。

值得推荐的是意大利的Loro Piana（诺悠翩雅），他们以名贵料子见称，可以选择的多不胜数，更特别的一点是，他们冬天有独家的Vicuna（骆马毛）料，夏天有莲茎抽丝料，他们的手工更是一流的，什么身形都能做到最好。

其他西装店如Armani（阿玛尼），十多年前在一部电视剧中被捧红后，变成美国人最爱穿的西装品牌，但在我们看来，这西装已经一件不如一件，变成一块死牌子。

Versace（范思哲）的西装太多花枝招展，倾向于同性恋者的喜好，老实一点的有Tom Ford（汤姆·福特）的，也受"同志"欢迎。

Hugo Boss（雨果·博斯）在美国大花广告费，也有人知道了，但爱好时装的意大利人和英国人都把这家德国厂当成笑话，尤其是把它的名字叫成"波士"，不俗也变俗了。

稳重的是Brioni（布里奥尼）和Ermenegildo Zegna（杰尼亚），这两家店的料子和剪裁一向是最好的，定做当然更无问题，如果想拥有一套四季皆宜的西装，最好在这两店选料后请他们的裁缝做，不太会过时。

想穿得入时、潇洒、飘逸又不入老套，也不跟时髦的话，那么Yves Saint Laurent（圣罗兰）是首选，他们的西装不仅外面漂亮，连里子也特别设计，脱下后翻折在手腕，也相当有派头，可惜此厂只注重女性产品，男人的西装每季只设计十几套，可供选择的很少。

Hermes（爱马仕）和Louis Vuitton（路易威登）也出男人西装，样子看起来永恒，但都有少许的变化，每年如此，每季如此，懂的人都看得出已经是去年货。除非你跟得很贴，又不在乎每套西装只穿一季，否则还是别买。

习惯与礼貌

驰走

朋友说日本人有礼貌，要我写一点儿关于这方面的东西。

先讲日本人请吃饭，散宴后除了"亚里亚笃"的说多谢之外，还有一句Gochiso Sama Deshita，或简称Gochiso Sama。

Go和Sama是敬语和语气助词，没有意思，主要解释在Chiso这两个字。

Chiso，汉语意思为"驰走"。出自孝子孟宗在冬天为母亲采竹而驰走的故事。答谢主人为这一餐东奔西走，表示"辛苦你了"，故用Gochiso Sama。

但是，现代人已经忘记了"驰走"的出处，在餐厅叫两个菜，不用自己下厨。就算请人在家吃饭，也多为冷冻食品或现成的人造肉类，一点儿都不费功夫。

日本人保留礼貌的优良传统，却只当它是洗脸刷牙，习惯成自然罢了。打躬作揖也并不表示对人家特别尊敬，你请我请也变成了废话，不必特别称赞他们。

喝酒

我们是过年后方举行春茗，日本人却在过年前请生意上来往的人，称之为"忘年会"。

这期间最常见的是街道的醉汉，有的睡在车站，对于铁路人员，这是一场噩梦。

酒醉的人最不喜欢被人叫醒，所以铁道局派发一本小册，教工作人员怎么做。首先，不可以站在他们面前。第二，不可以去摇他们，以防他们一醒来变得非常暴力，一拳飞来。去年东京都就有三百三十宗这种伤人案件。

香港人喝醉，就回家去。日本人那么有礼貌，怎么会在街头出丑？这是友人经常问我的问题。他们的礼貌到哪里去了？

答案要从酒这个字去找。酒，是米酿的。

在农业社会中，米，代表了权力。让一个人喝酒，代表接受他进入权力的圈子。长辈赐酒，是一种荣誉，不会喝也要喝下去，醉，是必然的结果。

法律也是人为的，制造法律的人也被强迫喝过酒。对于醉，法律是特别仁慈的，酒后杀人，最多也被判七年罢了。

喝完酒后骂上司，也通常会被接受。这是下属发泄的唯一机会,还不趁忘年会发作吗?醉后骚扰女同事,也被认为是常事:"他喝醉了,平时不会那样的。"

一个棒球明星喝完酒在酒吧殴打妈妈桑,闹到警局。警方没有告他,一直等到狗仔队在杂志上揭发,图文并茂,警察才插手,而这是两个星期后的事了。

一九九〇年至今,有几十个大学生因摄入过量酒精而死亡。但就那么算了,警方从来没有告过一个强迫死者喝酒的人。死者的父母亲也接受,他们年轻时强迫过别人喝酒嘛。

所以日本人根本不懂得什么叫喝酒的礼貌。因为遵命干杯,本身就是一种礼貌。

袋子

在东京的公众电话亭中,常可以看见一片片的小纸头,是卖淫的广告,纸头上印着有女中学生、家庭主妇、售货员和OL等。

OL是什么?原来是指秘书或文员等白领阶层的女性,美言为"办公室的淑女"(Office Lady)。

战后女权抬头,家里的女佣以前叫"下女",现在得称呼她为"助理小姐",最近更有新名词,叫作"家事见习生"。

向朋友介绍的时候,通常称妻子为"家内",不客气的叫"女房"。但后来不用了,在人家面前"奥様"来"奥様"去。

147

"奥様"即"太太"的意思。反正日本的太太目前大多数要上班来分担家用，所以已经不在"家内"，而在"家外"了。

至于空中小姐的称呼，最初用英文翻译的"空中服务员"Air Stewardess，又怕不敬，改为"空中女主人"Air Hostess。

但是舞厅舞女也跟着升级改称"女主人"，导致两个女主人称呼混乱，最后还是改回原来的"空中服务员"。

美名给女人带来一点儿自尊心，是件好事，但日本人到死都不肯改的是叫自己的母亲为"袋子"，实在难听。

喜欢送礼

日本人最喜欢送礼物。

如果你有日本朋友来了香港，他一定送你几盒好看不好吃的草饼。

我的日本友人不少，每次都给我草饼，我一一拒绝。他们说："不送点儿东西怎行？"

我说："要送的话，下次来香港，给我带一包日本米吧，不然就送几根大萝卜。"

到了夏天，日本有所谓的"中元"节，送礼物给上司巴结巴结。在这时候他们领到年中的花红，拼命送来送去。

百货公司的广告都是中元送礼的商品，贵贱由人。

父母送儿女礼物。要是男孩子，就给他们布织锦鲤，插在旗杆上飘扬；要是女孩子，就给她们日本娃娃，一组便宜的几百块港币，贵的上万。

儿女在父亲节那天送爸爸一些除臭用品，在母亲节那天送妈妈一些煮食器具。送妈妈的都比送爸爸的便宜，很少有人送妈妈一串珍珠项链的。

到了情人节，大家更是大送特送，女人送男友的是心形巧克力。

男人送女朋友的礼物，多数是一条底裤。

记者们送首相礼物，也是个传统。记者俱乐部在桥本生日时送了塑料玩具给他，在小渊的生日时送了条印着小牛模样的领带。

首相森喜朗曾经表示过喜欢一个洋娃娃当生日礼物。

但是森喜朗并不受欢迎。在一期的周刊中，有记者问他太太为什么不搬进首相官邸去住，她回答说不知道什么时候她的丈夫会被踢出局，搬进搬出的会很丢脸。

最后记者俱乐部还是决定不送洋娃娃给森喜朗。

馈赠遗物

袱纱

参加日本人的婚葬，有些传统必得遵守，如果功夫做足，是给人家面子，也表现出自己对该国礼节的认识。

一般，都要给钱。

但给钱也不能乱给，否则失礼。

先得准备一个信封。很奇怪的是，日本人的婚礼和葬礼，信封用的都是白色。

白色之中也有分别，前者可用带有红色纹章的设计，后者则只能全白。

正面要写明金额，金额上面加一个"一"字，一字下面加一点。举例："一、金叁万元"。

信封背面写自己的地址和名字，笔画不能太细，否则不吉祥。

外层还有一面包纸，包纸上用金丝打了结。外层可以写自己的名字，不写也行。

最重要的是不能从西装中直接把信封拿出来，要用一层锦布包着，传统上是用紫色，称之为"袱纱"。

"袱纱"可以在婚葬礼上共享，但切记包法，婚礼的包法是：把那层四方形的袱纱铺在桌上，放入长方形的信封，先把左边的角折向信封，上下一包，最后用右边的角封口。

到了接待处，依次序打开袱纱，交上信封，再把袱纱收回西装口袋。

葬礼的袱纱包法，和婚礼相反。

信封和袱纱，都能在东京银座的文具店鸠居堂买到，贵得令人咋舌。

至于要给多少钱？普通朋友、邻居等，也要三万日元左右，亲戚则要五万日元，关系特别的是十万日元。

如果穷，只好缺席。缺席者给一万日元则行。给多少看你的环境，但千万不能与"四"字有关，因为和"死"同音。

纸币要用新的，如果没有，会场可代换。

馈赠遗物

日本人有个优良的传统，那就是人过世之后，把遗物送给亲友。告诉我这件事的是电影导演岛耕二先生的妻子，葬礼之后我到她家里，她说："屋子里看到的东西，你拿一件去当纪念吧。"

我最爱的是那几张迪士尼动画的原画。岛耕二先生在二十世纪五十年代造访好莱坞，在迪士尼片厂中受到嘉宾式的接待，问他要什么，他说给几张原画好了。当年迪士尼一画就几百万张，画不值钱，片厂经理乐意地送给了他。

后来有人收藏，把这些作品抬到天价。岛耕二太太也不知价值，我心想要，但说不出口，告诉她好好珍藏，今后可在拍卖会上出售。她即刻要送我，我说收了就没意思了，只在书架上拿了几本关于饮食的作品，道谢告退。

其实日本人的这种作风只限于最亲的人，岛耕二晚年的几部电影由我监制。一老一少，相处得极为融洽，他妻子看在眼里，多值钱的东西也肯送我。

当今我写作的地方，面前摆了一个画筒，紫檀木，很粗，是根部的前端挖出来的，形态优美，这是书法老师冯康侯先生的遗物，转来转去转到我这里，长伴于我身边，我非常喜欢，每次看到，想起冯老师的教导，唏嘘不已。

好的传统，都能借用。只有这个馈赠遗物的，中国人还是不能接受，我们读书人太过迂腐，酸气甚重，对方生前送的还可照收，过后就觉得对不起遗族，得之有愧。敬爱者的遗物，就算值钱，死了也不会拿去典卖，今后再转送给喜欢的人，或者送给博物馆，也为美谈。

洋人对于死不忌讳,常在遗嘱上写明这套银餐具,送给某某,也是优良传统,只有中国人做不到。有些人认为自己不会死,连遗嘱也不肯立,愚蠢到极点。

无情

日本人虽然很有礼貌，左鞠躬右鞠躬，出口闭口来一句Sumimasen（对不起），但这是全无意义的话，对不起来干什么？又没做错事。

说他们合群，也并不是，像去大排档吃东西，你坐这一家就吃这一家，不能从旁边那一档叫来吃，分得很清楚，不像香港那样可以一口气从几个档口叫东西。

就算同一间店，也不灵活应变。如果吃牛肉火锅就是牛肉，蟹锅就是蟹锅，不能两样肉一起吃。记得倪匡兄有一次来日本时就遇到同样的情形，他老人家一气起来，牛锅来一客，蟹锅来一客，两个锅勾成一锅，结果遭受白眼。要是当时我在场，一定为他和店主吵起来。

死脑筋的例子，我曾经举过，像火车站内洗手间，小便处排了长龙，大便处一个人也没有，但就是不能在大便处小便。

等交通灯也一样，半夜三更鬼都看不见一只，但是如果亮了红灯，站在那里动也不动，非见绿灯再过不可。

日本人的家庭观念也很怪，别让电视剧《同在屋檐下》骗了，其实他们是没什么亲情的。不相信吗？请到日本的餐厅去，从来没有一家人围着吃饭的，看到的或者是一群年轻人，或者是一对老伴侣。香港人到星期天一家子拖着几个叫叫嚷嚷的小鬼饮茶的现象，在日本绝对看不到。

日本人一老，经济状况好的会搬到避暑别墅去住，差的便躲在组屋①的一室，孤孤零零，养只猫养条狗做伴，儿女们老死不相往来，直到举行葬礼才团聚。

这次来日本，遇到一个三十年不见的老同学，他对我说："对你的印象最深刻的是，当年你叫我放假时，回乡下去探望老母，说不去会后悔。结果我去了，发现这是我人生中最有意思的一件事。"

---

① 对日本出租住宅的一种泛称。

纯爱的终结

日本女人追求永远的爱情，而且爱的是第一个男人，纯洁无比。谢天谢地，这一年过去了，是时间让日本女人醒过来，希望二〇〇五年她们没那么傻。

由数不清的例子证实，青梅竹马的恋爱，一直是一种幻想，最不实际。男女在漫长的生命中，总有摩擦，必有争执，遇到一两个能倾诉的对象，婚姻就出现了裂痕。

所谓临老入花丛的个案最致命，这并不限于男人。试想一个从来没有第三者经验的女人，怎么处理自己的感情？她们不是高手，一遇到了即刻崩溃，不可收拾，什么都不管了。

像练书法、绘画一样，爱情需要基本功的训练，方能持久。若根基打得不好，移情别恋就接着发生了。

初恋总是以失败终结，这是基本功的第一步。接着，以为不会发生的事发生了，出现另一个男的，再次爱上，这是第二步。过程并不顺利，是第三步。以为这一生不嫁人了，最后被父母安排，见对方还顺眼，无奈地接受，才得到她们的毕业证书。

成为事实后，好好珍惜。忘记对方的过往，也希望伴侣不再追问自己的旧情，大家携手偕老，是唯一的途径。

纯爱只发生在童话、诗歌和小说戏剧里面，现实生活中，能圆满收场的，只有亿分之一吧？我们当然也相信它的存在，但想自己也拥有这种福分，比中六合彩更难。

现实是残酷的，日本女人看见友人婚姻的失败，也认为纯爱没什么可能发生，但忽然有了一出像《蓝色生死恋》的电视剧，又对纯爱充满希望。

可惜，当年的少女，现在是老太婆了，只好抱住裴勇俊的照片痛哭，可怜到极点。

赚钱的艺术

投降的艺术

和日本人谈生意,有时很容易,有时很难,都要看对方是怎么样的个性。

死硬派的好对付,他们心里已经决定非和你谈拢不可,这单东西一定要做成为止。那么你就能左一剑,右一刀地削过去,直到对方体无完肤为止。

遇到高手,一直不出声,先让你看他们拥有的一切条件,引得你口水直流,然后等你出价,他们绝不先开口。这种人不必怕他,他到底是想赚你的钱的。此厢也摆着做不做得成生意无所谓的面孔对付,但不必花太长时间,把底线讲明,说声最后提议,不增不减。他们答应了最好,摇头时即刻往别处跑。

最怕碰见的是一些为主人倒米的,他们绝对没有肩膀,什么责任都不肯负,一切都要问过上司才决定,很浪费时间。

"这种人怎么当得了经理？"小朋友不明白地问我。

我懒洋洋地答："答案很简单，老板的女儿喜欢他呀。"

也不是每个对手都讨厌，有时会遇上一两个漂亮的经理，日本人称为女大将。她们千依百顺，弄得你不好意思杀价为止。

"这是她们的习惯，客气是假的。"小朋友又说。

可是，除了要做你的生意，女大将会尽量帮助你，就算不是她们的本分，也会介绍东、推荐西，让你有个愉快的体验，败下阵来。

无比难搞的是像古装片中出现的白脸人物，比如《风云》中郑丹瑞扮演的那种角色。他们每次都皮笑肉不笑地掩着嘴，咈咈咈咈地哨了几声后卸膊。遇到这种人，先发招，尽量对他的私事问长问短，每得到答案，都做出极为欣赏的表情。他们都是自大狂，给你戴了几顶无声高帽，即刻投降。

赚钱的艺术

赚女人和小孩子的钱最容易，女人卖给她们化妆品，小孩子给他们吃糖。

每次带团，都有女人要求我和她们一起去资生堂买防皱膏、洁肤水。资生堂有几条化妆产品线是不卖到国外去的。女人一听到别人没有，出手之阔，惊人也。

接下来，该公司又会推出一系列喷液和涂膏，用的是东方的香料，说嗅了之后会减轻压力，价格定在三千二百日元和四千五百日元之间，并不贵，相信又将大捞一笔。

其他公司并不执输①，连专门做牙膏的狮王也参加一份，在九月四日将推出香味丸，只要把一粒东西扔在玻璃水杯中，便会发出吱吱吱的镇神声音，加上淡淡的颜色，产出浓郁的薰衣草、玫瑰、丁香等香味来镇神。

出胸罩的名厂Wacoal（华歌尔）也加入战圈，推出有香味和药草的裤袜，价钱是普通裤袜的一倍。据说穿后会消脚肿和减压。

这种裤袜是不是真有治疗效用？有没有根据？日本大公司因为信用问题，不敢轻率，的确是雇了京都大学的研究专员做实验证明，并请国际交易会来检查，一点儿也不马虎。

原理在何处？多年前有位友人从大陆拿了一对浸过草药的布鞋来给我试穿，说穿了之后可消脚肿，要我帮他推出市场。没用过的东西我不敢乱推荐，忍耐着穿了几次。第一，它的扮相很丑。第二，药味很臭。但果然有用，不过谁会去买呢？日本人在包装上是下重本的，功效减少不要紧，一定不要惹人反感，研究一大轮，推出这个新产品。

三共药厂一向出产Regain饮料②，从前的宣传字句是喝了一天可以工作二十四小时。新产品做成药丸说能强精。一说到强精，男人都买，要赚男人的钱，和赚女人的钱一样容易。

---

① 执输：在粤语里，指动作比人慢，失去先机。
② Regain饮料：一种功能性饮料，Regain为品牌名。

最要紧的是满足

的士

上一趟去东京，为赶时间，乘的士直奔帝国酒店。司机高兴地说："今天大有斩获，载到你这么一个好客人，一天的收入有了着落。真是幸运。"

"你们一天到底要做多少钱才算够本？"我问。

"四万日元。"他说。

"噢，不少呀。"我说，"那么你们平均一个月可以赚到多少钱？"

"好的四十万，差的二十万，全靠运气。"他回答，"有些司机一天到晚也等不到一个客。"

"就算是二十万，也有一万五千二百港币，在香港算是不错的了。"我说。

"哪里，"他摸头，"我们的生活费多贵你知道吗？每一个月的电费、水费、煤气费就缴了不少。倒垃圾也要付钱，还分一三五丢可以燃烧的，二四六丢不可以燃烧的，大件的另外算钱，真要人老命。"

"说得也是，"我说，"不过你们没有通胀，十多年来还是一个价钱。"

"的士费十多年来也没加过呀！"他又叹气了，"不知道什么时候自己才可以供到一辆。"

"私人经营的叫个人的士，要怎么样才能申请到个人的士？"

的士大佬解释："先要在一家大机构做司机，一做十年，没有违反交通规则，才有资格申请，但是多少人有那么好彩呢？交通规则大家都想遵守，但是对方的车辆迎头而来，不去避吗？一避又出了毛病，我想我这一生也没什么机会买一辆个人的士了。"

"希望还是要有。"我说。

"嗯。"他点头，"我会去买马票。"

满足

我们这次住在仙台附近的旅馆，朋友一走进来就感到它的气派，浸了温泉吃过饭之后，更叹物有所值。

旅馆中有好几个出浴的地方，当天泡了一处，睡一晚，第二天黎明再去另一个池子，能够早起的朋友，多数是上了年纪的，像我一样，不必多睡。从温泉走出来，旅馆的大厅已摆好一摊摊的卖档，挂了一面旗，旗上写着"朝市"两个字。

卖的是当地的土产，仙台著名牛舌头和蒲鉾，前者大家都知道是什么，蒲鉾原来是鱼饼，日本人喜欢将它蘸着山葵酱一起吃。

"你不是那位电视上看到的香港人？"小贩认出我来，"《料理铁人》那个节目中，你当评判，说的话一针见血。"

高帽一戴，停下来看看他的货物。

一包包的黑糖，像小孩子玩泥沙的石块般大，是蔗糖最原始的形状，已经很久没看过。小贩不管我买不买，即刻拆了一包装得精美的，拿出一块让我试试。

黑糖进口，想起儿时穷困的日子，哪有什么瑞士糖？能够有块像糖的，就拣出来吃，不是什么天下美味，但也吃得很感动。

一群赶着上路的客人出现，大家争先恐后地购买。

小贩解释："我们都是旅馆员工的亲戚，店主让我们在大堂摆摊子，赚点儿外快。"

"一个早上，能做多少生意？"我问。

"普通日子卖三十万，礼拜六、礼拜日六十万左右。"他回答。

心算一下，是两万到四万港币，扣除车钱，至少应赚一半，也有一万到两万的盈利。

小贩知道我在想什么，笑说："大家分，也没多少。不过我们乡下人，已经很满足。"

是的，满足最要紧，城市人不懂。

理所当然

有时,会在网上收到连锁信件,多数是吓人的,绝少值得一提。今天看到的这一个还不错,试译下来:

一、我爱你。我并不在乎你是怎么样的一个人,我在乎我在你心目中是怎么样的一个人。

二、世上没有一个男人或一个女人值得让你流泪,如果有这么一个人,他或她是不会令你哭泣的。

三、有时你觉得对方爱你不够深,其实他或她已经尽了他们所有的力气去爱你了,这也应该够了吧?

四、一个真正的朋友伸出手来,不只接触到你的手,还接触到你的心。

五、想念一个人,有时候很糟糕。你可能坐在他或她的身边,但又知道自己得不到对方,这不是糟糕透顶吗?

六、在悲哀的时候也别表现你的气愤,笑笑好了。有时候这种笑容会令其他人爱上你的。

七、你只不过是宇宙中的一个人罢了。但是对某一个人,你是他或她的宇宙。

八、绝对不要为一个浪费时间在你身上的人浪费时间。

九、或许上帝要我们在遇到一个好人之前，先遇到几个坏人。当这个好人出现了，我们更应该感恩。

十、别为情逝哭泣，为感情出现过而欢笑吧。

十一、在生活中一定出现过一些伤害你的人。你可以继续相信别人，下一次小心一点儿就是。

十二、有因才有果，一切都是缘分。

这一类的话我们听起来理所当然，但是当今自杀的新闻不少，想不开的恋爱中的人更多，翻译一下给这些人看，只有好处没有坏处。我们自己不必听，够资格写了。

谈音乐 | 爵士的邂逅

对音乐的认识，完全是皮毛，一生能够邂逅爵士，是一件非常幸福的事。

爵士把悲哀化成快乐，爵士不遵守规律，爵士令人陶醉在一个思想开放的宇宙里面。

我必须事先声明，对于太过深奥的爵士，我不理解，也不享受，我只会听一些脍炙人口的，像 *Take Five*[①]之类，都是通俗的，不装模作样的。

听古典、歌剧、进行曲之余，认识了一位叫黄寿森的青年，他从小父母离异，成长在一个孤独的单亲家庭，埋头在书本和音乐之中。他自小精通多国语言，只是少了中文的修养，这一点倒是他佩服我的。

我们一起逃学、旅行、学习，开始品味红酒，抽大雪茄，每

---

① 爵士乐名曲。

天在戏院里度过，爵士也是从他的指导开始，一下子跳进高音萨克风Tenor Saxophone（次中音萨克斯）的世界里，陶醉在那声调沉重的音乐之中。

当然要经过Charlie Parker（查理·帕克）、John Coltrane（约翰·克特兰）、Lester Young（莱斯特·杨）、Stan Getz（斯坦·盖茨）这几位大师，他们像绘画中的素描基础，但听多了，也会把自己闷死在胡同里。

从Tenor Saxophone（次中音萨克斯）跳出来，走进Baritone Saxophone（上低音萨克斯）中音萨克风，就把自己释放出来了，最欣赏的当然是Gerry Mulligan（盖瑞·穆里根）了，在二十世纪六十年代他的爵士乐风靡整个欧洲，尤其是法国，简直当他是爵士之神。

一听到Gerry Mulligan的爵士乐，便不能自拔了，他的*My Funny Valentine*，*Prelude In E Minor*，*Bernie's Tune*，*Lullaby Of The Leaves*[①]都能令人一听再听，百听不厌。

喜欢Gerry Mulligan的话，一定会爱上小喇叭手Miles Davis（迈尔斯·戴维斯），两人奏的*My Funny Valentine*风格完全不同。Miles Davis的经典曲子还有*Now's The Time*，*Bye Bye Blackbird*，*So What*和*Summertime*，都令人听出耳油。

---

① 此四首均为歌曲名。

爵士中的所谓自由，也就是乐手们的"即兴Improvisation"。同一个主题，到了一半，思想就可以飞到别处，再回来，或者不回来也可以，这由Miles Davis的*My Funny Valentine*可以引证出来，他只是头一句，重复一句之后，就依照自己的喜欢去到另一个世界、另一个宇宙。在那个方圆中，我们又可以听到演奏者对主题的思念，有时是那么一丁点儿，有时是整首贡献出来，总之最终会回到主题的怀抱，这就是爵士了。

在六十年代末的东京，爵士乐听得最多。那时候年轻人会跟着电视大唱流行曲，但略有一点儿思想的，都欣赏爵士，故东京出现了不少听爵士的地方，不一定非得是酒吧，因为大家没有经济条件喝酒，人们去的是爵士吃茶店[①]，壁中的柜子摆满了爵士黑胶唱片，日本人疯狂起来，收集的是一个个的宝藏，要听哪一类的爵士都有。

喜欢上了，年轻人会去学习演奏，当然不是个个都能成为大师，半途出家也有机会表演，舞台就是这些爵士吃茶店或酒吧。当然他们不计报酬，不过老板们总识趣地包个红包偷偷送进他们的大衣，露出信封的一角。

客人可乐了，以一杯酒的价钱就能听到真人表演的爵士，他们闭上眼睛，跟着拍子，用手轻轻地拍着他们的牛仔裤，听到入

---

① 播放爵士乐的咖啡馆。

神，会喊出一声："好！"或"哎！"或"劲！"和听京剧的戏迷一样。

那时候我们去得最多的是一家叫堤（La Jetee）的爵士吧。店名来自一部短片，一九六二年由Chris Marker（克里斯·马克）导演，整部戏由一张张的硬照组成，看上数十次之后，便会发现只有其中一张照片会动一下。

我们在那里度过了不知多少寒冷的晚上，因为店里的暖气不足，墙壁上贴的尽是这部戏的剧照，客人只能喝酒喝到醉了，或者，吞下几颗更便宜的一种叫Alinamin的安眠药，但拼死不睡，这时，便会产生微微的幻觉，发现自己在飘浮，飞上太空。

一首又一首的Gerry Mulligan和Miles Davis的歌播完又播，已是深夜一两点，到打烊时间，客人纷纷披上厚厚的大衣和长长的围巾，踏着雪回去。

但我们酒意未消，堤（La Jetee）又位于新宿御苑的附近，这个点市内的公园已经关了门，我们年轻，什么都做得出，于是翻过围墙，进入了公园。

白茫茫的一片，大雪纷飞，已经不知东南西北，我们欢呼，让回音带着我们到处走，我的女朋友穿着绿颜色的大衣，她垂直的长发在狂舞中飞扬起来。

她是个诗人，Chris Marker为她近乎疯狂的行径深深着迷，要求她当女主角，拍了一部纪录片叫《久美子的秘密》（*Le Mystère Koumiko*）（一九六五）。

Miles Davis在舞台上鞠了一个躬，这时轮到唱怨曲Blues（布鲁斯）的歌者一位位出场，Billie Holiday（比莉·哈乐黛）、Janis Joplin（詹尼斯·乔普琳）、Pearl Bailey（珀尔·贝利）、Ella Fitzgerald（艾拉·费兹杰拉），她们离开家乡，她们苦诉情郎的离去，她们空守闺房，最痛苦的，是年华的逝去，但是，也看到了曙光，因为她们还有爵士陪伴……

杂谈 | 谈美女

有人问我,你写那么多关于女人的东西,那你心目中的女人是什么样的?

我一回答,即刻被众人骂:哪有那么好的女子?

骂多了,我学乖,再也不出声。但心中想想,又不要花钱,又无冷言冷语,总可以吧?正在发痴,又被人责备脑中的绮念。

好,就举明朝人对美女的看法吧,要骂,你就去骂明朝人,和我无关。

明朝的美女,有下述条件:

一、闺房

美人一定要住好的地方:或高楼,或曲房,或别馆村庄。房内清楚空阔,摒去一切俗物,中置清雅器具及相宜书画。室外须有曲栏纤径,名花掩映。要是地方不大,那么盆盎景玩,断不可少。

二、首饰衣裳

饰不可过,亦不可缺。淡妆浓抹,选适当的就好。首饰只要一珠一翠,或一金一玉,疏疏散散,便有画意。

服装亦有时宜:春服宜倩,夏服宜爽,秋服宜雅,冬服宜艳。见客宜庄服,远行宜淡服,花下宜素服,对雪宜丽服。

衣服大方,便自然有气质。

三、选侍

美人不可无婢,描花不可无叶。佳婢数人,务修清洁。时常教她们烹茶、浇花、焚香、披图、展卷、捧砚、磨墨,等等。

为她们取名的时候绝对不能用什么玫瑰、牡丹等俗气的字眼,可叫她们为:墨娥、绕翘、紫玉、云容、红香等文雅的名字。

四、雅供

在闺房的时间长,所以必须有以下的家私和器具:天然椅、藤床、小榻、禅椅、香几、笔砚、彩笺、酒器、茶具、花瓶、镜台、绣具、琴、箫和围棋。

如果有锦衾纻褥、画帐绣帏那就更好,能力办不到,布帘、纸帐亦自然生趣。

五、博古

女人有学问,便有一种儒风,所以多看书和字画,是闺中学识。

共话古今奇胜,红粉自有知音。

六、借资
美人要有文韵、有诗意、禅机。

七、晤对
喝茶焚香,清谈心赏者为上。

喜开玩笑好玩者次之。

猜拳饮酒者为下。

八、神态情趣
美人要有态、有神、有趣、有情、有心。

檀唇烘日,媚体迎风,喜之态;星眼微瞑,柳眉重晕,怒之态;梨花带雨,蝉露秋枝,泣之态;鬓云乱洒,胸雪横舒,睡之态;金针倒拈,绣榻斜倚,懒之态;长颦减翠,疲脸绡红,病之态。

惜花爱月为芳情,停兰踏径为闲情,小窗凝坐为幽情,含娇细语为柔情;无明无夜、乍笑乍啼为痴情。

镜里容、月下影、隔帘形,空趣也。灯前目、被底足、帐中音，逸趣也。酒微醺、妆半卸、睡初回，别趣也。风流汗、相思泪、云雨梦，奇趣也。

明朝人还加以注解说：态之中我最喜欢睡态和懒态。情之中我最爱幽与柔。

有情和有心则大可不必。我虽然不忍负心，但又不禁痴心。

不过来个缘深情重，又是件纠缠不清的事。

所以我说，大家相好一场之后，到头来各自奔前程。大家不致耽误，你说如何如何？

以前的袁中郎是个聪明人，他在天竺大士面前说过这么一句话："只愿今生得寿，不生子，侍妾数十人足矣。"

九、钟情

王子猷把竹称为皇帝，米芾将石头称为丈人。古人爱的东西，尚有深情，所以对女人，也非爱不可。

她们喜悦的时候畅导之，生气时舒解之，愁怨时宽慰之，疾病时怜惜之。

十、招隐

美女应该像谢安之屐、嵇康之琴、陶潜之菊，有令男人因有她相伴而安定下来的魅力。

十一、达观

美人对性的观念应该看得开，好色可以保身，可以乐天，可以忘忧，可以尽年。

十二、及时行乐

美人在每一个阶段都好看。至半老，色渐淡，但情意更深远，约略梳妆，遍多雅韵。如醇酒，如霜后橘，如名将提兵，调度自如。

香肌半裸、轻挥纨扇、浴罢共眠、高楼窥月、阑珊午梦，等等，神仙羡慕之声。此时夜深枕畔细语，满床曙色，强要同眠。

花开花落，一转瞬耳，美女了解此意，故当及时行乐也。

古龙、三毛和倪匡

三十多年前,我在台湾监制过一部叫《萧十一郎》的电影。徐增宏导演,韦弘、邢慧主演,改编自古龙的原著。买版权时遇见古龙,比认识倪匡兄还早。

数年后我返港定居,任职邵氏公司制片经理,许多剧本都由倪匡兄编写,当然见面也多了。

有一次,我们三人都在台北,到古龙家去聊天,另外在座的是小说家三毛。

当晚,三毛穿着露肩的衣服,雪白的肌肤,看得倪匡和古龙都忍不住,偷偷地跑到她身后,一二三,两人一起在她左右肩各咬一口。

可爱的三毛并不生气,哈哈大笑。

那是古龙最光辉的日子,自己监制电影、电视剧,又不停地著书。住在一豪宅中,马仔数名傍身,古龙俨如一黑社会头目。

他长得又胖又矮,头特别大,有倪匡兄的一个半那么大,留了小胡子,头发已有点儿秃了。

"我喜欢洋妞,最近那部戏里请了一个,漂亮得不得了。"古龙说。

"你的小说里从来没有外国女子的角色。"三毛问,"电影里怎么出现?"

"反正都是我想出来的,多几个也不要紧。"古龙笑道,"有谁敢不给我加?"

"洋妞都长得高头大马。"我骂古龙,"你用什么对付?用舌?怪不得你还要留胡子。"

大家又笑了,古龙一点儿不介意,一整杯伏特加,就那么倒进喉咙。是的,古龙从来不是"喝"酒,他是"倒"酒,不经口腔,直入肠胃。

这次国泰可以直飞美国旧金山,我们来拍特集,有李绮虹、郑裕玲和钟丽缇陪伴。倪匡兄在场,"哈哈哈哈"四声大笑后说:"有美女、好友作乐,人生何求?"

话题重新转到三毛和古龙。

"我和三毛到台中去演讲,来了七八千个读者,三毛真受欢迎,当天还有几个比较文学的教授,大家介绍自己时都说是某某大学毕业。轮到我,我只有结结巴巴地说我只是小学毕业。三毛对我真好,她向观众说:'我连小学都还没毕业。'"倪匡兄沉入回忆。

"听说古龙是喝酒喝死的,到底是不是真的有这么一回事?"郑裕玲问。

"也可以那么说,我和古龙经常一晚喝几瓶白兰地,喝到第二天去打点滴(输液)。"倪匡兄说,"不过真正的原因是这样的:有一次古龙去杏花阁喝酒,一批黑社会来叫他去和他们的大哥敬酒,古龙不肯。等他走出来时那几个小喽啰拿了又长又细的小刀捅了他几刀,不知流出多少血来,马上送进医院,医院的血库没那么多,逼得向医院外面路边的吸毒者买血,血不干净,结果输到有肝炎的血液。"

我们几人听了都"啊"的一声叫出来。

倪匡兄继续说:"肝病也不会死人,但是医生说不能喝烈酒了,再喝的话会昏迷,只要昏迷三次,就会没命。医生说的话很准,古龙照喝不误,结果我听到他第三次昏迷时,知道这回已经不妙了。"

"古龙对于死有迷恋,他喜欢用这个方式走。"我说。

倪匡兄赞同:"三毛对死也有迷恋。"

"听说她以前也自杀过几次。"郑裕玲说。

"嗯。"倪匡点头,"古龙死的时候,才四十八岁,真是可惜。"

倪匡兄仔细描述古龙死后的怪事:"他那么爱喝酒,我们几个朋友就买了四十八瓶白兰地来陪葬,塞进棺材里。他家人替他穿了件寿衣,古龙生前最不喜欢中式服装的,还替他脸上盖了块布。我们说古龙那么爱喝酒,不如就陪他喝吧,结果把那几十瓶酒都开了,每瓶喝它几口,忽然……"

"忽然怎么啦？"我们紧张得不得了。

倪匡说："忽然古龙从嘴里喷出了几口很大口的鲜血来！"

"啊！"我们惊叫出来。

"人死了那么久，摆在灵堂也有好几天，怎么会喷出鲜血来？这明明是还没有死嘛，我们赶快用纸替他擦口，不知道浸湿了多少张纸，三毛和我都说他还活着，殡仪馆的人一定要把棺材盖儿盖上，他们怕是尸变。我一直抱着棺材，弄得一身涂在棺材上的桐油。"

"结果呢？"我们追问。

"结果殡仪馆叫医生来，医生也证明是死了，殡仪馆的人好歹地把棺木盖上，我也拿他们没有法子。"倪匡兄摇头说。

听了这番话，郑裕玲、李绮虹和钟丽缇三位美女吓得失声。

"都怪你们在古龙面前喝，他那么好酒，自己没得喝，气得吐血！"我只有开玩笑把局面弄得轻松点儿。

倪匡兄点点头，好像相信地说："说得也是，说得也是。"

蔡澜说金庸

记者：我看金庸先生写过一篇文章，说最喜欢跟你一起去玩。

蔡澜：我们很合得来，他很看得起我！我们刚刚从柬埔寨回来，去了一趟吴哥窟。

记者：你跟金庸先生交往多年，对他的印象如何？

蔡澜：他是我最敬佩的人，因为那时候看他的小说，看得入迷了。我最近又在翻看，很好看，写得很精彩。

记者：作品之外，他在生活中是一个什么样的人？

蔡澜：他睡得很晚，早上也很迟起床，然后就看书，看很多很多书，我所见的看书看得最多的人就是他了。他看了能记下来，不但可以记下来，而且可以写出来，这个让我很佩服。

记者：那倪匡呢，你写了他那么多趣事。

蔡澜：他脑筋很灵活，想的东西很稀奇古怪。

记者：他在旧金山的生活怎么样？

蔡澜：想什么时候起床就什么时候起床，想什么时候吃饭就什么时候吃饭，根本就没有什么规定，逍遥自在。

记者：黄霑又是什么样的人呢？

蔡澜：黄霑在音乐上的才华是不可否认的，对音乐的认识也非常有趣。

记者：你、倪匡、黄霑三人曾主持轰动全港的电视清谈节目《今夜不设防》，当时的情况是怎么样的？

蔡澜：那时候，倪匡爱上了一个夜总会的妈妈生，他就常常请我们到夜总会去，叫所有的女人都来。结果我们三个人一直讲话，那些女人就一直笑，变成我们在娱乐她们。我们说既然要花这个钱，让那么多人笑，不如就把它搬去电视台谈同样的东西嘛。于是就做了这个节目，话题没有限制，什么都讲，大多是比较好笑的吧。

记者：美食、电影、旅游、友情等人生经历，你都写到书里去了，这些东西你写到最后，对人生的总体看法是什么？

蔡澜：乐观对自己很好，我的乐观是天生的。我们跟整个宇宙相比，只是短短几十年，一刹那的事情，希望自己快乐一点儿，我在很年轻的时候就懂得这个道理，就一直往快乐这个方面去追求。很多大学做了很多研究，全世界的结论是：最好的人生就是尽量吃吃喝喝。

给亦舒的信 | "一览众生"查先生

亦舒：

多年前，当查先生因心脏重病入院，你在远方关怀，来信问我一切时，我将过程像写武侠小说般，记下查先生与病魔大打三百回合报告给你听。这次心情沉重，多方传媒要我写一些或说几句，我都回绝了，不过在这里我把这几天的事写信给你，当成你也在查先生身边。

查先生已在养和医院住上两个月，两年来已进出多次，家人对他即将离开已做好心理准备，到底是九十四岁了，要发生的事，对中国人来说，已是笑丧。

二〇一八年十月三十日那天，查传倜来电，说他爸爸快不行了，我赶到养和病房，见查先生安详离去。这段时间最辛苦的是查太，她对查先生寸步不离，好友们劝她旅行她当然不肯，连去澳门半天也放不下心。查先生这么一走，遗下的一切都由她坚强打理，我们作为朋友，一点儿忙也帮不上。

十一月六日在山光道的东莲觉苑替查先生做头七，去了才知道跑马地还有那么一栋古老和庄严的建筑，是何东夫人张莲觉投资在一九三五年建成，已被指定为香港法定一级历史建筑，寺中有胡汉民写的对联和张学良写的牌匾。仪式由法师们主持念经，各人分派一本厚厚的经书，原来要从头念到尾，这一念，就是几个小时，我不知死活，穿得单薄，冷得要命，家属们一直守灵，最后我由张敏仪陪同下早退。敏仪这些日子都在香港，所有仪式都出席，很够朋友。

再得查太电话，说要我写横额，我当然不会推辞。怎么写，要我和主办花卉事务的国际插花艺术学校校长黄源喜联络，黄先生说用日本纸，我一听就知道他指的是日本月宫殿，是我最讨厌的白纸了，但当时不是争辩是否用宣纸的时候，照听就是。写些什么？用倪匡兄想出来的"一览众生"。

很多人不明白，倪匡兄也写了一张纸条给查太，解释这是查先生看通看透了人间众生相，才有此伟大著作。

旁边的一副对联，是从查府拿到灵堂来的那对"飞雪连天射白鹿，笑书神侠倚碧鸳"，当成挽联。灵堂放满何止万朵的白花，按查太要求，以查先生最爱的铃兰花为主花布置。铃兰花英文为谷中百合（Lily Of The Valley），又有圣母之泪（Our Lady's Tear）和天堂梯阶（Ladder To Heaven）之名。黄源喜说此花甚少在丧礼上使用，当今也非当造季节，那么多花，找来不易，我在进口处还看到开得很大朵很难得的荷兰牡丹，漂亮至极。据黄源喜说，这回查先生的丧礼，是五十年来最美丽和做得最艰难的一次。

花是另一回事,难得的是排到出大街的花牌,送者由中央领导人到香港各界的名人政客,声势是空前绝后的。马云不但在守灵及出殡来了两次,送上的"一人江湖,江湖一人"对子,很有意思。

我在头七时已得教训,穿多几件衣服,哪知还是那么冷,隔日送殡更冷,可能是我坐的地方对着冷气的关系,或者是因为死人,非冷不可,九十岁的名伶白雪仙也在灵堂上冒着寒冷坐了甚久才离去,看到家属们一刻不停地守着,更知他们的不易。

我最反对的是中国人的葬礼中,亲友们前来拜祭,上前一鞠躬二鞠躬三鞠躬之后,家属还要谢礼。来的人有时三五,有时一人,每次都要站立还礼,至亲好友另当别论,阿猫阿狗也要还礼一番,甚是多余,建议今后在来宾签名处设一管理,集齐六人以上才上前拜祭一次,不必让家属那么辛苦。我也是过来人,我知道。

朋友们来送查先生,都只是三鞠躬,俞琤最为有心,她行的是伏身跪拜之礼。来时一次,走时再跪地一次。

默默然坐在一角,没人理会的是刘培基,他本来长住曼谷,我问他怎么回来了,他说那边住得虽然舒服,但是医生还是香港的好,年纪大了应该回来住。他现年也已有六十七岁了,在四十岁生日时,查先生曾经写诗送他,他也一直以查哥哥称呼查先生。刘培基向记者说,一生没什么遗憾,只遗憾走的好朋友太多，家里都是他们的遗照。

葬礼上有纪念册送给亲友，册上最后一页记载了《神雕侠侣》中的一句话："今番良晤，豪兴不浅，他日江湖相逢，再当杯酒言欢。咱们就此别过。"

十一月十三日那天，一众亲友从殡仪馆出来，分车到大屿山宝莲禅寺海会灵塔火葬，称为"荼毗大典"，与一般电子点火油渣燃烧不同，这里用的是柴火，整个过程要花八个小时才能完成，中途更要加柴助燃，事后由高僧收集骨灰和舍利子。

燃烧时发出浓烟，我们各得檀香木一块，排队走过火葬炉，把檀木扔进洞中。张敏仪因眼疾，要不断滴眼药水，这次也不顾烟熏痛楚，将整个礼仪行完。

再坐两个小时的车，经弯弯曲曲的路，从大屿山回到市区，查太在香格里拉设五桌解秽酒，宴请宾客。其中有一洋人朋友，问我是否吃斋，我回答丧礼后，需吃鱼吃肉，没有禁忌了。洋人又问这是为什么，我说什么叫世俗？人家做什么，我们就跟着做什么，这就叫世俗。

再谈

蔡澜

给亦舒的信 | 久美子

亦舒：

　　查先生离去不久，又有一个好朋友走了。本来，我会将一些好玩的事写在一个叫"一趣也"的专栏，但死人嘛，怎么"趣"呢？我一向是一个只把人生美好告诉读者的写作人，和你又无所不谈，所以还是把这些带点儿悲哀的往事写信给你吧。

　　记得以前我们都住在邵氏宿舍时，到了深夜还在喝酒，我曾经把我留学日本时认识的一个叫久美子的女人的事讲给你听。这位久美子，也在最近去世，她比我大八岁，屈指一算，也有八十六了。

　　消息是新加坡友人黄森传来的，他们都住巴黎，一向有联络。最后一次见久美子，也是黄森带我去的，是去年的事。当他说起久美子已被她女儿送进老人院，我感到无际的伤痛和愤怒。老母亲，说什么也应该住在家里的，一讲到老人院，我脑子里即刻出现电影中的兽笼和虐待。

　　就那么巧，我因公事到了意大利，也就去巴黎打个转。老人院就在巴黎郊外，我们包了一辆车子，带着花店最大的一束花前去。

原来法国的老人院没那么恐怖，有点儿像教堂后面修女的宿舍。我们依着房号找到了她。啊，久美子整个人是白色的，脸苍白，头发白，只有那两颗大眼睛还是乌黑明亮，瞪着我，一脸疑惑，她已患老年痴呆症，认不出是我，但是不停地望着，带着微笑，一直问自己，这个男人是谁。

倪匡兄说过，即使会紧握着对方的手，也不表示认得出是你，那是自然的反应，像婴儿，你伸出手，她便会紧紧地握着。

到了探望期限，不得不放开她。

原来久美子的女儿知道妈妈已不能一个人生活，又没有办法放下自己的工作照顾她，才下此策的，我也只能说我理解，但心中还是对她们有点儿怨恨。

留学期间，我半工半读，一面念电影，一面为邵氏公司买日本片的版权在东南亚放映。当年几间大日本电影公司都在银座，我们的办事处也设在不远的东京车站八重洲口，步行还可以到达一个叫京桥的车站，再走几步路，就是"东京近代美术馆"，三楼有个电影院，日本和法国的文化交流节目中，将各自的一百部经典影片轮流上映，法国片放完后就是日本名作，那是我们电影爱好者不能失去的机会。

我买了整个节目的门票，学校也不去了，差不多每一天都流连在美术馆中，时常遇到一个长发女郎，中间分界，天气冷时常穿着一件绿色的大衣,长得很高,腿也不粗,小腿粗的日本女人一向让我倒胃,不管面貌有多美,我都会远避。

也不知道哪里来的勇气,我终于主动开口,接着的事很自然地发生在年轻男女身上,饮茶、吃饭、喝酒,身体接触。

当我听到她比我大八岁时,我也不是太过惊讶,当年和我年纪相若的女子我都会觉得她们思想幼稚,我不记得自己喜欢过比我年轻的女孩子。

久美子出现在美术馆看戏,和她的工作有关。当年她在一家叫Unifrance(法国电影联盟)的公司做事,是一家发行及推广法国电影的组织,办公室也在银座,我时常去玩,从他们所在的八楼,可以望到隔壁的圆形建筑,叫"日剧剧场",那里专门表演脱衣舞,满足乡下来的日本人和外国游客的好奇心,我时常开玩笑说有个透过窗子能望到舞娘们的化妆室就好了。

后来谈起来她公司里的人,发现都是有关联的人,有一个叫柴田骏的,后来娶了东和公司老板川喜多的女儿,我们一伙经常喝酒聊天至深夜。

来她公司玩的还有一位法国纪录片导演克里斯·马克(Chris Marker),他是法国新浪潮电影的一个主要人物,作品《堤》影响了众多电影人,连美国科幻电影《十二猴子》(一九九五)也从此片得到灵感,借用了片中许多元素。

克里斯·马克一见到久美子,惊为天人,非要为她拍一部纪录片不可,结果就有了《久美子的秘密》,各位有兴趣,也许能在视频网站上找到。

一天，久美子忽然向我说她要到一生向往的法国去了，我当然祝福并支持她。我送她到横滨码头，她乘船到西伯利亚，乘火车到莫斯科，再飞巴黎。记得当年送船，还抛出银带，一圈圈地结成一张网，互相道别。

她一走就像有了一个世纪。她在巴黎遇到一个越南和法国的混血男人，结了婚，生了一对孪生的女儿。后来丈夫离她而去，剩下她一个人把那两个女儿抚养长大，靠着那单薄的出版诗集得到的稿酬，住在St. Germain（圣日耳曼）区，对着坟场，写她的诗，不断地写。

诗中经常怀念着哈尔滨，她的出生地，她后来也回去过，写了一本关于哈尔滨的书，她似乎对这个寒冷的地方有很深厚的感情。今秋，当友人们说要去查干湖，会经过哈尔滨时，我即刻跟着去了，半路摔断了腿，我撑着拐杖，去哈尔滨的地标——圣·索菲亚教堂的前面，拍了一张照片，我希望下次再去巴黎看她时，让久美子看一看这张照片，唤起她的记忆，也许到时久美子会认得出是我。

迟了，一切都迟了。

再谈

蔡澜

跋·以"真"为生命真谛，只求心中真喜欢

不拘一格降人才

要用文字素描一个人，当然要先写下他的名字：

蔡澜。

然后，当然是要表明他的身份。

对一般人来说，这很容易，大不了，十余个字，也就够了。可是对蔡澜，却很费工夫。而且还要用到标点符号之中的括号和省略号，括号内是与之相关，但又必须分开来说的身份，于是在蔡澜的名下，就有了这些：

作家，电影制片家（监制、导演、编剧、策划、影评人、电影史料家），美食家（食评家、食肆主人、食物饮料创作人），旅行家（创意旅行社主持、领队），书法家，画家，篆刻家，鉴赏家（民间艺术品推广人、民间艺术家发掘人），电视节目主持

人，好朋友（很多人的好朋友）……还有许多，真的不能尽述。

这许多身份，都实实在在，绝非虚衔，每一个身份，都有大量事实支持，下文会择要述之。

在写下了那么多身份之后，不禁喟叹：人怎么可以有这样多方面的才能？若是先写下了那些身份，倒过来，要找一个人去配合那些身份，能找到谁？

认识的人不算少，奇才异能之士很多，但如能配得上这许多身份的，还是只有他：蔡澜！

蔡澜，一九四一年八月十八日生于新加坡（巧之极矣，执笔之日，就是八月十八日，蔡澜，生日快乐），这一年，这一天，天公抖擞，真是应了诗人所求，不拘一格，降下人才。

人才易得，这许多身份不只是名衔，还有内容，这也可以说不难，难得的是，他这人，有一种罕见的气质，或气度。那些身份，或许都可以通过努力获得，但气度是与生俱来，是天生的，他的这种气质、气度，表现在他"好朋友"这身份上。

桃花潭水深千尺

好朋友不稀奇，谁都有好朋友，俗言道：曹操也有知心人。不过请留意，蔡澜的"好朋友"项下有括号：很多人的好朋友。

要成为"很多人的好朋友"，这就难了。与他相知逾四十年，从未在任何场合听任何人说过他坏话的，他凭什么能做到这一点？

　　凭的，就是他天生的气质，真诚交友的侠气。真心，能交到好朋友，那是必然的事。

　　以真诚待人，人未必以真诚回报。诚然，蔡澜一生之中，吃所谓"朋友"的亏不少，他从来不提，人家也知道。更妙的是，给他亏吃的人士知道占了他的便宜，自知不是，对他衷心佩服。

　　许多朋友，他都不是刻意结交来的，却成为意气相投的好友，友情深厚的，岂止深千尺！他本身有这样的程度，所交的朋友，自然程度也不会相去太远。

　　这里所谓"程度"，并不是指才能、地位，而是指"意气"，意气相投！哪怕你是贩夫走卒，一样是朋友，意气不投，哪怕你是高官富商，一样不屑一顾，这是交友的最高原则。

　　这种原则也不必刻意，蔡澜最可爱的气质之一，就是不刻意的君子。有顺其自然的潇洒，有不着一字的风流，所以一遇上了可交之友，自然而然友情长久，合乎君子交游的原则。从古至今，凡有这样气质者，必不会将利害得失放在交友准则上，交友必广，必然人人称道。把蔡澜朋友多这一点，列为第一值得素描点，是由于这一点是性格天生使然，怎么都学不来——当然，正是由于看到他的许多创意，成为许多人模仿的目标，所以有感而发。

　　蔡澜的创意无穷，值得大书特书。

千金散尽还复来

蔡澜对花钱的态度，是若用钱能买到快乐，他会不惜代价去买。若用钱能买到舒适，也会不惜代价去买……

这样的态度，自然"花钱如流水"，钱不会从天上掉下来，也自然要设法赚钱。

他绝对是一个文人，很有古风的文人。从他身上，可以清楚地看到古人的影子，尤其像魏晋的文人，不拘小节，潇洒自在。可是他又很有经营事业的才能，更善于在生活的吃喝玩乐之中发现商机，成就一番事业，且为他人竞相模仿。

喜欢喝茶，特别是普洱，极浓，不知者以为他在喝墨水，他也笑说"肚里没墨水，所以喝墨水"，结果是出现了经他特别配方的"抱抱茶"，十余年风行不衰。

喜欢旅行，足迹遍天下，喜欢美食，遍尝各式美味，把两者结合，首创美食旅行团。在这之前，旅行团对于参加者在旅行期间的饮食并不重视，食物大都简陋。蔡澜的美食旅行一出，当然大受欢迎，又照例成为模仿对象。参加过蔡澜美食旅行团的团友，组成"蔡澜之友"，数以千计，有参加十数次以上者。这种开风气之先的创举，用一句成语——不胜枚举，各地冠以他名字的"美食坊"可以证明。

这些事业，再加上日日不辍地写作，当然有相当丰厚的收入，可是看他那种大手大脚的用钱方式，也不禁替他捏一把汗。

当然，这十分多余。数十年来，只见他愈花愈有。数年前，他遭人欺骗，损失巨大（八位数字），吸一口气；不到三年，损失的就回来了，主宰金钱，不被金钱主宰，快意人生，不亦乐乎。

真正了解快乐且能创造快乐、享受快乐，当年有腰悬长剑、昂首阔步于长安道路的，如今有背着僧袋，悠然闲步在香港街头的，两者之间，或许大有共通之处？

众里寻他千百度

对人生目的的追寻，可以分为刻意和不刻意两种，众里寻他，也可以理解为对理想的追寻。

表面上的行为活动，是表面行为，内心对人生意义的探讨，对人生理想的追求，则属于内涵。

虽说有诸内必形诸外，但很多时候，不容易从外在行为窥视内心世界。尤其是一般俗眼，只看表面，不知内涵，就得不到真实的一面了。

看人如此，读文意更是如此。

蔡澜的小品文，文字简洁明白，不造作，不矫情，心中怎么想，笔下就怎么写，若用一个字来形容，就是：真。

乍一看，蔡澜的小品文，写的是生活，他享受的美食，他欣赏的美景，他赞叹的艺术，他经历的事情，大千世界，尽在他的笔下呈现。

试想，他的小品散文，已出版的，超过了一百种，即便是擅长写此类文体的明朝人，也没有一个人留下这许多作品的，放诸古今中外，肯定是一个纪录。

能有那样数量的创作，当然是源自他有极其丰富的生活经历。

读蔡澜的小品散文，若只能领略这一点，虽也足矣，但是忽略了文章的内涵，未免太可惜了。"谁解其中味"？唯有能解其中味的，才能真得蔡文之三昧。

他的文章之中，处处透露对人生的态度，其中的浅显哲理、明白禅机，都使读者能得顿悟，可以把本来很复杂的世情困扰简单化：噢，原来如此，不过如此。可以付诸一笑，自然快乐轻松，这就真是"蓦然回首"就有了的境界，这是蔡澜小品文的内涵，不要轻易放过了！

闲来无事不从容

工作能力，每人不同，有的能力高，有的能力低。能力高者，做起事来不吃力，不会气喘如牛，不会咬牙切齿，兵来将挡，水来土掩，旁观者看来，赏心悦目，连连赞叹。能力低者，当然全部相反。

若干年前，蔡澜忽然发愿，要学篆刻，闻言大吃一惊——篆刻学问极大，要投入全部精力，其时他正负电影监制重任，怎能学得成？当时，用很温和的方法，泼他的冷水："刻印，并不是拿起石头、刻刀来就可进行的。首先，要懂书法，阁下的书法程度，好像……哼哼……"那言下之意，就是说：你连字都写不好，刻什么印！

他听了之后，立即回应："那我就先学写字。"

当时不置可否。

也没有看到他特别怎样，他却已坐言起行，拜名师，学写字。

大概只不过半年，或大半年左右，在那段时间内，仍如常交往，一点儿也没有啥特别之处。一日，到他办公室，看到他办公桌上，文房四宝俱全，俨然有笔架，挂着四五支大小毛笔，正想出言笑话他几句，又一眼看到了一沓墨宝，吃了一惊：这些字是谁写的？

蔡老兄笑嘻嘻地泡茶，并不回答，一派君子。

这当然是他写的，可是实在令人难以相信。

自此之后，也没有见他怎样呵冻搓手地苦练，不多久，书法成就卓然，而且还是浑然一体，毫不装腔作势。篆刻自然也水到渠成，精彩纷呈，只好感叹：有艺术天才，就是这样。他的这种从容成事的态度，在其他各方面，也无不如此。在各种的笑声之中，今天做成了这样，明天又做成了那样，看起来时间还大有空闲，欧阳先生曰：得其一，可以通其余。

信然！

最恨多才情太浅

蔡澜书法，极合"散怀抱，任情恣性"的书道，所以可观。其实，书道、人道，可以合论。蔡澜的本家蔡邕老先生在"笔论"中提出的书道，拿来做做人的道理，也无不可。

在对待女性的态度上，蔡澜绝对是大男人主义者。

此言一出，蔡澜的所有女性朋友，可能会哗然："怎么会，他对女性那么好，那么有情有义，是典型的最佳男性朋友，怎么会是大男人主义者？"

是的，他的所有女性朋友对他的赞语，都是对的，都是事实，也正因为如此，才说他是大男人主义者。

唯大男人主义者，才会真正对女性好，把女性视作受保护的弱小对象，放开怀抱，任情尽心地爱之惜之，呵之护之，尽男性之天职，这才是真正的大男人。

（小男人、贱男人对女性的种种劣行，与大男人相反，不想污了笔墨，所以不提了。）

女性朋友对蔡澜的感觉，据所见，都极良好，不困于性别的差异，从广义的观点来看一个"情"字，那是另一种境界的情，是一种浅浅淡淡的情，若有若无的情，隐隐约约的情，丝丝缕缕的情……

若大喝一声问：究竟是什么啊？

对不起，具体还真的说不上来。只好说：不为目的，也没有目的，只是因了天性如此，觉得应该如此，就如此了。

说了等于没有说？当然不是，说了，听的人一时不明，不要紧，随着阅历增长，总会有明白的一天，就算终究不明，又打什么紧？

好像扯远了，其实，是想用拙笔尽可能写出蔡澜对女性的情怀而已。不过看来好像并不成功？

回首亭中人，平林澹如画

试想看云林先生的画：天高云淡，飞瀑流泉，枯树危石，如斗茅亭，有君子兮，负手远望，发思古之幽情，念天地之悠悠。时而仰天大笑，笑天下可笑之事，时而低头沉思，思人间宜思之情。虽茕茕孑立，我行我素，然相交通天下，知己数不尽。

若问君子是谁，答曰："蔡澜先生也。"

回顾和他相知逾四十年，自他处学到的极多。"凡事都要试，不试，绝无成功可能，试了，成功和失败，一半一半机会。"这是他一再强调的。只怪生性不和，没学会。

"既上了船，就做船上的事吧。"有一次跟人上了"贼船"，我极不耐烦，大肆唠叨时他教的，学会了，知道了"不开心不能改变不开心的事，不如开心"的道理，所以一直开开心心，受益匪浅。

他以"真"为生命真谛，行文如此，做人如此。所以他看世人，不论青眼白眼，都出自真，都不计较利害得失，只求心中真喜欢。

世人看他，不论青眼白眼，他也浑不计较，只是我行我素："岂能尽如他意，但求无愧我心。"

这样的做人态度，这样的人，赢得了社会上各色人等对他的尊重敬佩，是必然的结果。有一次，我在前，他在后，走进人丛，只见人群纷纷扬手笑脸招呼，一时之间以为自己大受欢迎，飘飘然焉，及至发现众人目光焦点有异，才知道是在和身后人打招呼，当场大乐：这是典型的"狐假虎威"。哈哈。

即使只是素描，也描之不尽，这里可以写一笔，那里可以补两笔，怎么也难齐全。这样的一个人，哼哼，来自哪一个星球？在地球上多久了？看来，是从魏晋开始的吧？

倪匡

附录

人生真好玩儿

我的名字叫蔡澜，为什么叫蔡澜呢？因为我是在南洋出生的，我爸爸说："你就叫蔡南吧，南方的南。"但是我有一个长辈，名字里也有个"南"字，所以说不好、忌讳，就改成这个波澜的"澜"字。古语也有云："七十而不逾矩"。"不逾矩"就是不必遵守规矩，一下子就活了。

人生真的不错，真的好玩啊。有两种想法，你如果认为很好玩就好玩，你认为不好玩就不好玩。就像你出门，满天乌鸦嘎嘎嘎地叫，这个很倒霉。但是你想，乌鸦是动物中唯一会把食物含着给爸爸妈妈吃的，这种动物很少，包括人类也少了。所以说在这么短短的几十年里面，把人生看成好的，不要看成坏的，不要太灰暗。我最喜欢跟年轻人聊天，因为自己心态还算年轻，我可以跟他们沟通。但我发现很多年轻人还是跟我有一点代沟，就是我比他们更年轻一点。尽量地学习、尽量地经历、尽量地旅游、尽量地吃好东西，人生就比较美好一点儿，就这么简单。

我喜欢看书，我喜欢看很多很多的书，什么书我都看，小的时候就看《希腊神话》，喜欢看这些幻想的东西。我也喜欢旅行，一旅行，看人家怎么过活，眼界就开阔了。我在西班牙的时候去看外景，有一个老头在钓鱼，西班牙那个岛叫伊比萨岛，退休的嬉皮士都喜欢在那边住。这个老嬉皮士在那边钓鱼，我一看前面那些鱼很小，我一转过头来，那边的鱼大得不得了。我说："老头，那边鱼大，为什么在这边钓？"他看着我说："先生，我钓的是早餐。"没错，一句话把你的人生的贪婪，什么都唤醒了。

在旅行中，你可以学到很多很多的人生哲理。另外的一次，在印度山上，当地有个老太太整天煮鸡给我吃，我说："我不要吃鸡了，我要吃鱼呀！"那位老太太说："什么是鱼？"她在山上都没看过。我就拿了纸画了一条鱼给她，说："你没有吃过真可惜呀。"老太太望着我说："先生，没有吃过的东西有什么可惜呢？"都是人生哲理。

我出道很早，我差不多十九岁就开始做电影相关的工作了。那时候跟一些老前辈一坐下来，一桌子围坐十二个人，我最年轻。但是我坐下来的时候，我已经在想有一天我会是在座中最老的呢。果然，这个好像一秒钟以前的事。我昨天晚上跟人家去吃饭，我一坐下来已经是最老的了。所以不要以为时间很长，就是这么一刹那就没了。

提到墨西哥，我在墨西哥也住过一年，去到墨西哥的时候，我看有人家卖爆竹烟花，我想去买来放。我的朋友说："蔡先生，不行，不行啊，死了人才放的呀！"为什么死人要放烟花爆竹？其实他们那边的人生活很辛苦，人很短命，跟死亡接触得很多。那么一接触得很多的时候，为什么不把死亡这件事情变成一件欢乐的事情呢？那为什么一定要活着的时候才庆祝，人死了也是可以庆祝的嘛。

我认为年轻人要做什么都可以，只要有心的话，总有一天会做到，这个就是年轻的好处。在玩乐中体验人生，在平常的烟火气中感受生活的美好。我到一个餐厅去，我吃了很好吃，我就写文章来推荐给大家。因为做生意的确不容易，我不会随便骂人。至少呢，我写的那些文章人家拿去，彩色打印放大了以后贴在餐厅外面。你到香港去看好了，通通是，总之做什么事情都要很用心去做，样样东西都学，有一本书教大家怎么做酱油的，我也买回来看。像我，我也练书法、刻图章，样样东西学完了以后，就是专家了。所以，人的本事越多越不怕。

我有一天坐晚上的飞机，深夜的飞机多数会遇到气流，这次也很厉害，就一直颠一直颠。颠就让它颠吧，而我就一直在喝酒。旁边坐了一个澳洲大佬，一直在那抓，一直怕，一直抓，一直怕。好，飞机稳定下来以后，他看着我，非常之满意地看着我。他说："喂，老兄你死过吗？""我活过。"

年轻人，总要有点理想，总要有点抱负，总要有点想做的事情，那么要做就尽量去做吧！

（据《开讲啦》演讲稿整理）

我们都是对生活好奇的人

我的方向就是把快乐带给大家

很多人会很羡慕我的人生,但是,不用羡慕,实行去,谁都可以的。

我在北京常吃的就是那几家饭店,吃羊肉,因为到了北京不吃羊肉不行嘛。北京就羊肉做得最好。

有个地方是一个朋友介绍的。我们到每个地方去,都有一些当地喜欢吃东西的朋友,而且你看过他们写的文章或者发表过的微博你就会认识。认识这个人,那么就到那边去找这个人。信得过了,那么他就介绍这里的好吃的或那里的好吃的。

好吃的东西我当然喜欢吃,但不好吃的东西,我也可以学着去吃它。好不好吃,你没有吃过,你没有权利批评。但试过了以后知道不好吃就不吃。

去国外的话,如果遇见什么都不好吃的情况,那么宁可饿肚子。比如，有一次我在伦敦街头，肚子很饿了，走来走去都是这个M字头的店。我死都不肯进去，多饿我都不肯。

后来碰到一个土耳其人在卖那个一块一块小肉，用刀切。我就终于有东西可吃了。

吃饭是有尊严的，宁肯饿着，不好吃我就不吃。

我从来不会把吃当成半个工作。

我有一个写了几十年的专栏叫作《未能食素》。有一天我说，哎，旅行的时候也要我发稿？别的文章可以一边旅行一边写，只有这一篇东西不能够，因为你离开了很久，你没有吃过那个餐厅，你不能乱写。

我这一生到现在为止，并没有做到很任性地生活。倪匡先生也讲过，不能够想做就做，可以不想做尽量不做。想做就做，天下大乱了。

我想做的事就是我的方向，我的方向就是把欢乐带给大家，一方面又可以赚钱，尽量不要做亏本的事情，我现在这个年纪还做亏本的事很丢脸的。

我最得意的发明是和镛记老板甘建成先生一起还原了金庸小说《射雕英雄传》里的"二十四桥明月夜"这道菜。

这道菜的来源是：黄蓉要求洪七公教武功，洪七公说你煮一个菜给我吃。黄蓉说，吃什么？洪七公说，吃豆腐。怎么做呢？要把那个豆腐塞在火腿里面，那么这个怎么做呢？书上没有写明。因为这里（镛记）有个金庸宴，我就跟这里的老板甘先生一块去研究，研究完了我们就把一个火腿切了三分之一，然后用电钻钻了二十四个洞，再把豆腐放在里面，用盖盖起来拿去蒸。因为火腿的味道都已经进入豆腐里，所以，这道菜只吃豆腐，火腿弃之。

金庸吃了之后，表示很喜欢。

除了金庸小说里的菜式，也试着还原过其他作品里的菜，比如《红楼梦》以及张爱玲的一些小说中提到的菜，但是，最后弄出来的菜，其实都不好吃。

我喜欢的是欣赏

我做监制就是邵逸夫先生教的，他说你要是喜欢电影的话，你就要多接触电影这个行业一点儿，你如果单单是做导演的话，那么这部戏你拍完了以后就剪辑，时间紧，牵涉到的范围比较窄小；你如果做监制的话，任何一个部门你都要知道，做监制有一个好处就是说你懂的事情多了以后，你就可以变成种种的部门。你都变成一个专家以后，你的生存机会就会越来越多，可以去打灯，可以去做小工，总之你的求生技能越来越多，你的自信心就强起来了，都是这样。

邵逸夫先生之所以给我这么多机会，一方面因为跟我的父亲是世交，另一方面还因为他觉得从这个年轻人身上能看到当年的自己，觉得我是适合做这一行的。他是喜欢我的，所以他才会把所有的事情都讲给我听。

但并不是因为邵先生的关系，我一上来就要管很多人、很多事，我也是要像新人一样从头开始，去学习，学习了之后才可以去做。

我参与的第一部电影是从拍外景开始，像张彻先生来拍《金燕子》，我不是整部戏参与，就是外景部分罢了。从那里学起，一直学，跟这些工作人员打好关系以后，我就开始自己拍戏。我跟邵先生讲，你们在香港拍一部戏要一百万，七八十万，我这里二三十万就给你搞定了，你们拍戏在香港拍要五六十天，我这里十几天就给你搞定了。那时候是越快生产越好，因为工厂式的作业，所以他也就听得进去。他说那你就拿这笔钱去，你就去拍，我就开始在日本拍香港戏，请了几个明星过来，其他工作人员都是日本人，拍完了以后就把它寄回去，就在香港上映。所以在东京拍香港片子就算是外景，也不能够拍日本外景，都要拍得很像香港，模仿香港，所以看到富士山也把它剪掉了，不拍的。

那时候我二十多岁，但我必须要掌控全局，没别的办法，就学，学习的过程从犯了很多错误开始，但犯错误不是坏事情。

我对所有的工作人员都要求很高，所以我曾经一度把所有的工作人员都炒了鱿鱼，只剩下我一个，重新开始组织。就是因为拍一部片子的时候，他们太慢。

没人了也没关系，再去组织就是了。

但这件事给我的一个经验就是，我要炒人的话，从炒一两个开始，不要通通炒掉。

我对人对己都要求很严，尤其是对自己，要从自己开始。

合作的那么多导演，都是一些很以自我为中心的"怪物"。没有一个我喜欢的，我都很讨厌他们。

如果让他们来评价我的话，他们会说中午那顿吃得很好。

那是香港电影最好的时候，因为忙碌，不断地有戏拍。因为每部戏都卖钱。

但是也会困惑。因为没有自己喜欢的题材、喜欢的片子，像我跟邵逸夫先生讲，我说邵氏公司一年生产四十部戏，我们拍四十部戏但是其中一部不卖钱，但为了艺术、为了理想，这多好。这是可以的，你们四十部中间一部你可以赌得过的。

他说我拍四十部电影都赚钱，为什么我要拍三十九部赚钱，一部不赚钱？我为什么不拍通通赚钱的？那么我也讲不过他，结果就是没有什么自我了。那时候我的工作就是一直付出，一直付出，直到把工作完成，没有说自己想拍些什么戏，就可以拍，所以如果谈起电影的话，我真的是很对不起电影的。我对我这段电影的生涯，不会感到非常骄傲，我反而会欣赏电影，我欣赏的能力还不错。我做监制的时候就是为工作而工作，人家常常批评我，他们说你这个人，你到底对艺术有没有良心？我说我对艺术没有良心。"你是一个没有良心的人"。我说我有，我对出钱给我拍戏的老板有良心，因为他们要求的这些，我就交货给他们，我有良心的，我不能够说为了自己的理想而辜负人家，拿了这么大一笔钱，让我来玩，我玩不起。

我只是赶上电影最容易卖的时候。但是作为一个有抱负的电影人，其实那是挺痛苦的。

但是我没有后悔过。因为每个人都有自己的时代。

我那时候的心态就是把电影当成一个很大的玩具，因为你现在没有得玩，现在拍电影，好像大家都愁眉苦脸，痛苦得要死。我很会玩啦，我会去找最好的地方拍外景，当年最好的酒，当年最好的一桌子菜，我都把它重现起来，女人我会重现，让她们穿最漂亮的旗袍，这些我会很考据的，把这部戏拍起来，在拍的中间，我很会玩，我已经达到我的目的了。

我们都是被这个时代推着的，你不给我别的机会，那我就从中找到别的乐趣。

我经历过这种失意的年代，那时候我就开始学书法。三十几岁吧，有一段时间很不愉快，不愉快，我就学东西了。

我很认真地去学书法，书法、篆刻、刻图章，现在我还可以拿得出手，替人家写写招牌。

内心是会郁闷的。当然郁闷时间很短了，后来我才发现我在书上也写过，干了四十年电影，原来我不喜欢干电影这行。

因为我喜欢的是欣赏，看，我不喜欢参与到电影中，但是我会把自己变成一些大的玩具，就好玩，对自己的人生也有帮助，现在我欣赏电影就好了，不要再去搞制作，制作很让人头痛。

我做不了像邵逸夫那样的电影大亨。我没有那种决心，很多很绝情的事情我做不了，很多决定我做不了。

比如你要很绝情地说，每一部戏都要赚钱，这个很绝情吧，我就不可以了，我说有钱就完了吗？

我不较劲，这件事情我做不好的话我离开一段时间，我试一件别的事情。

这点就是很多很多经验积累下来以后，让我离开，让我决定再也不回来。

我不遗憾，我知道遗憾了也没有用。我也不是一个有野心的人。我只是对工作要求高，我不怕得罪人，我看到不喜欢的就开口大骂了。

在电影圈里面要找一两个性情中人不容易，大多数都是很有目的地去完成一件事情的人。做导演的多数都是想着"我自己成名就好了，你们这些人死光了也不关我事"的人，这种人我不喜欢。

我最欣赏的人都不是电影圈的，像黄霑、倪匡、金庸、古龙。这几个人是我最好的朋友。他们的共同点都是文人，都是对生活好奇的人，都是性情中人。

（据《鲁豫有约》采访整理）

人生的意义无非就是吃吃喝喝

我来香港五十多年了，选来选去，还是这个地方比较好，因为有生活，有人的味道，像人。

这家菜场我常常来逛，它没有招牌，我就替它写一个招牌。菜，新鲜的菜，会跟你笑，下次你来，买我买我。从小到现在，我最喜欢的就是逛菜市场了。

我最想做的是拉丁族人，我认为活得最快乐的是拉丁民族。我以前很忧郁的，不是开朗的人，后来旅行了我才知道，原来人可以这么活着。

我十几岁就开始旅行了，去日本之前，我到过马来西亚，到过很多地方了。去日本的时候我又顺便去了韩国。后来又因为拍戏的关系，什么地方都去了。

那时候，和好几个好朋友，一面吃一面聊天，聊到天亮。那些所谓的忧伤，都很明白，我们都经历过。

说到读书，我看书喜欢所谓的"作者论"，就是把同一个作者的所有书都看完，我认为这才叫作看书。著作很多的，就很难。我的书也不少，但很容易看，很正统又不是正统，所谓文学又不是文学，所以那些什么艺术界、文学界一定是把我摒出去的。我说，那就归纳成"洗手间文学"好了，一次看完一篇，如果那天你吃的是四川火锅的话，一次就看两篇吧。我是一个把快乐带给别人的人。看我的书，希望你轻松一点，快乐一点，就这么简单。

电影工作，一干四十多年，做电影不是容易事。有多少个人"死"在你脚下，有多少老板亏本，有多少人在支持你，你才会成为"王家卫"？我开始明白一个道理，你如果有太强烈的个人主义的话，不要拍电影，因为电影不可能是一个人可以做的，它是一个全体创作，大家都有功劳。所以我开始写作，写作可以是我自己的。

我做人不断地学习。我在墨西哥拍戏的时候，看到炮仗、烟花要买来放，有人说，蔡先生，不可以，这个是有人去世才放的。我说，"你们死人这么欢乐？"是很欢乐，因为我们人很短命，我们医学不发达，我们还有一个死亡节。

所以他们了解死亡，他们接触死亡，他们拥抱死亡。

我开始想关于死亡，为什么要哭得这么厉害？为什么这样？我说学习怎么活很重要，但学习怎么死，特别重要。我们中国人从来不去谈死亡。"老是不面对，整个人就不成熟。"人都有一死，何不快活一世，笑看往生？

我们常常看别人，却很少看自己，自己的思想是怎么样，就往那一边去走。这其实是可以改变的。不要把那个包袱弄得太重，没有必要。一个人可以改变世界的话，我就去洒热血、断头颅，我可以去。但有时候，我没有这个力量，改变不了，所以我就开始"逃避"，吃吃喝喝也是一种逃避嘛。

吃是本能。我们常常忘记本能。

我是一个把快乐带给别人的人。吃得好的话自己高兴，对别人也好。这是再简单不过的道理。而且健康有两种，一种是精神上的健康，一种是肉体上的健康嘛。

许知远独白：这个世界充满不确定性，高度功利主义，什么都有目的，所以他做一个自由快活、享受人生的人，他知道这个时代所有的问题，他理解，但他选择不去直接地触碰它。在这个时代做一个快活的人，风流快活的体面人，那也是最好的反抗，体面的背后事实上有原则，我觉得这就是对中国社会的一个好处，特别大的好处。

（据《十三邀》采访整理）